Lost Place – Ich sehe dich

Illa Zacherl

Lost Place – Ich sehe dich
© 2025 Illa Zacherl

Kontakt:
Illa Zacherl
c/o Silvia Zacherl
Josef-Sammer-Str. 4a
82031 Grünwald
www.illa-zacherl.de
kontakt@illa-zacherl.de

Satz: Silvia Zacherl
Umschlagsgestaltung: Silvia Zacherl unter Verwendung von Canva Pro und OpenAI
ISBN: 978-3-8192-1225-3
Erste Auflage 2025
Verlag: BoD · Books on Demand GmbH,
Überseering 33, 22297 Hamburg, bod@bod.de
Druck: Libri Plureos GmbH,
Friedensallee 273, 22763 Hamburg

Hinweis der Autorin

Auch wenn dir Personen oder Situationen bekannt
vorkommen –
glaube mir:
sie sind frei erfunden.
Aber die Gefühle, die sie begleiten,
die Angst, der Trotz, das Hoffen und Verlorengehen –
die könnten genauso gut dir gehören.
Oder mir.
Und vielleicht deshalb
erzählt dieses Buch
mehr Wahrheit,
als es sollte.
—*Illa Zacherl*

Vorwort

Für alle, die sich gerade verloren fühlen.
Die glauben, dass sie nichts wert sind, dass sie nichts
ändern können.
Für alle, die nachts weinen und morgens so tun, als wäre
nichts.

Du bist nicht unsichtbar.
Du bist nicht kaputt.
Und du bist nicht allein.

Auch die dunkelste Nacht ist nicht nur schwarz.
Und jeder neue Tag ist eine neue Chance.

Dieses Buch ist für dich.

Kapitel 1

„Manche Tage beginnen, bevor man bereit ist.“

Alles wie immer.
Und doch war sie kurz davor, auszuflippen. Ein einziger Moment noch – und sie würde explodieren. Stattdessen biss sich Lukje auf die Unterlippe, so fest, dass es brannte. Ihre Fingernägel gruben sich tief in die Innenflächen ihrer Hände. Jeder Muskel war angespannt. Nicht weinen. Nicht jetzt.

Er hatte sie vor der ganzen Klasse bloßgestellt. Schon wieder.
Sie hasste ihn.
Kann man jemanden hassen, der einem eigentlich egal ist?
Ja. Gerade hasste sie alle.

Wie immer hatte ihr niemand geholfen. Ein paar grinsten dämlich, manche kicherten. Und die anderen? Die starrten mit roten Wangen auf ihre Schuhe – froh, heute nicht selbst das Opfer zu sein.

Später, wenn sie wieder allein war – zu Hause, im Bett – würden ihr all die klugen Sätze einfallen. Die, mit denen sie ihn hätte zum Schweigen bringen können. Wie immer: zu spät.

Da rettete sie das schrille Klingeln der Schulglocke. Gerade noch rechtzeitig, bevor ihr die Tränen kamen.

Mit gesenktem Kopf riss sie die Jacke von der Stuhllehne, griff nach ihrer Tasche und stürmte aus dem Klassenraum.

Türen öffneten sich. Stimmengewirr. Kinderlachen. Lehrer, die riefen. Ihr unterdrücktes Schniefen ging darin unter.

Aus ihrer Klasse folgte ihr niemand. Nicht mit Blicken. Nicht mit Worten. So wichtig war sie dann wohl doch nicht.

*
**

Der Nachmittag war mild – fast zu mild für den frühen Sommer. Ein sanfter Wind spielte mit den frischen Blättern in den Bäumen. Doch Lukje hatte das Gefühl, jeden Moment zu ersticken. Ohne sich umzudrehen, rannte sie die Straße hinauf. Einfach weiterlaufen. Nicht stehen bleiben. Nicht nur, um Abstand zu gewinnen – sondern auch, weil sie sonst keine Luft mehr bekam.

Sie lief. Und die Tränen liefen mit. Mit jedem kleinen Rinnsal, das über ihre Wange auf die Jacke tropfte, wurde das Atmen leichter.

Nur weg hier. Rennen konnte sie längst nicht mehr – die Tasche war zu schwer, sie selbst zu unsportlich. Aber wenn sie ihre Mutter noch sehen wollte, bevor diese zum Spätdienst aufbrach, musste sie sich beeilen.

Der Schulbus hätte direkt vor dem Gymnasium gewartet – bequem, schnell, warm. Aber der war keine Option. Nicht heute.

Also blieb nur der Fußweg. Und der Wunsch, unterwegs niemandem zu begegnen.

Kapitel 2

„Nicht alles, was still ist, ist ruhig.“

Nur das feuchte Kissen trug noch Spuren ihrer Tränen. Nach dem Essen war sie erschöpft eingeschlafen – jetzt war sie wieder wach. Der Nachmittag war fast vorbei, in einer Stunde würde es dunkel werden. Wenn sie also noch rauswollte, dann jetzt.

Ihre Mutter mochte es nicht, wenn sie im Dunkeln allein unterwegs war. Aber Lukje hatte heute keine Lust mehr, jemandem zu begegnen.

Sie musste Sabrina ohnehin irgendwann klarmachen, dass sie fast erwachsen war – und nicht mehr zu Sandmännchen-Zeiten auf der Couch sitzen musste.

Sie zog sich die dünne Mütze über die Locken und knöpfte die Jacke zu. So mild es am Nachmittag gewesen war, so kühl war es jetzt. Der Himmel wirkte farblos, fast wie ausgewaschen.

Ziellos schlenderte Lukje durch die Siedlung. Viele Häuser standen leer – es wirkte wie eine Geisterstadt.

„Mein Lost Place“, dachte sie und verzog das Gesicht.

Die Neubauten waren modern, hübsch – und seltsam leblos. Nur in wenigen Fenstern brannte Licht. Auch die Straßenlaternen waren noch nicht angeschlossen. Überall lagen Werkzeuge, Baumaterial, Kabelrollen.

Eigentlich wurde ständig gebaut. Nur heute nicht – morgen war Feiertag. Viele Arbeiter waren schon mittags verschwunden.

Die alten Bäume am Rand hatte man stehen lassen – wohl gezwungenermaßen. Freiwillig hätte hier sicher kein Investor auch nur einen Quadratmeter Bauland verschenkt.

Mit der Schuhspitze zog sie Spuren ins feuchte Laub. Keine gute Idee – die Blätter klebten sofort an ihren Schuhen und der Hose. Während sie versuchte, die Reste abzuschütteln, wanderten ihre Gedanken zurück zur Schule.

Okay, es traf auch andere. Schwacher Trost.

Auch sie starrte manchmal nur auf ihre Schuhe und sagte nichts. Keine Heldin. Dabei wollte sie helfen. Laut werden. Dazwischengehen – aber es ging nicht.

Kein Wort kam über ihre Lippen. Keine Bewegung.

Jämmerlich. Fast schlimmer noch, als selbst das Opfer zu sein.

Aber was sie am meisten quälte, war nicht Angst.

Es war Unsicherheit. Dieses ständige „Was kommt als Nächstes?"

Nicht nur morgen. Nach jeder Pause. Jeder Stunde.

Wie war es nur so weit gekommen? Was war falsch mit ihr, dass sie keiner mochte?

Dabei hatte ihr Start am Gymnasium gut ausgesehen.

Aber das kam ihr vor wie ein anderes Leben.

Ein anderes Ich.

Als sie an der Haltestelle vorbeiging, stockte sie.

Da stand jemand.

Fast reglos. Nur ein dunkler Umriss unter der Glaswand.

Ein Junge – Kapuze tief ins Gesicht gezogen, die Hände in den Taschen.

Die Laterne flackerte. Der Bus bog gerade um die Kurve.

Lukje hielt den Atem an. Irgendetwas an ihm fühlte sich … falsch vertraut an.

Nicht fremd. Nicht bekannt. Nur da.

Als sie fast auf seiner Höhe war, hob er den Kopf.

Ein einziger Blick – nicht neugierig. Nicht mitleidig.

Einfach ruhig. Wie ein Seil, das sich um sie legte.

Ihr Herz klopfte schneller.

Sie sah weg.

Und drehte sich doch noch einmal um.

Der Bus war verschwunden.

Und der Junge stand noch immer da.

Als hätte er auf genau diesen Moment gewartet.

Kapitel 3

Zwischen Lüge und Wahrheit liegt oft nur ein Blick.

Sabrina Hansen füllte Wasser in die Kaffeemaschine und drückte mechanisch auf den Startknopf. Der vertraute Klang des Aufheizens erfüllte die stille Küche.

Sie war früh wach. Zu früh, wenn man bedachte, wie wenig Schlaf sie hatte. Doch an Ruhe war ohnehin nicht zu denken. Ihre Gedanken waren längst unterwegs – beim Schichtplan, bei der Einkaufsliste, bei Lukje.

Wie sehr hatte sich alles verändert?

Früher, in Berlin, waren sie ein Team gewesen. Zwei gegen den Rest. Nicht perfekt, aber eingespielt.

Sie, der Klinikjob. Lukje, die Schule. Am Wochenende kam Björn – der Vater, der Verlässliche, der, der sich kümmerte. Und Sabrina konnte schlafen, durchatmen, existieren.

Jetzt war alles anders. Neues Haus, neuer Alltag, neue Nähe – aber kein klares Miteinander mehr. Und das spürte sie. Täglich.

Das Haus hatten sie nur wegen Björns Stelle überhaupt gefunden – bezahlbar, weil es auf Erbbaurecht lief, nah an seinem Schutzgebiet an der Küste.

Björn leistete gute Arbeit, echte Umweltarbeit.
Meeresbiologe mit Forschungsauftrag – nicht glamourös,
aber wichtig.

Früher war er nur am Wochenende da gewesen.
Sabrina war mit Lukje in Berlin geblieben, solange ihre
Eltern bei der Betreuung helfen konnten.

Aber jetzt war Lukje fünfzehn. Alt genug für einen
Neuanfang.

Und für Sabrina war es ein kleiner Aufstieg:
Stationsärztin im Kreiskrankenhaus – endlich mehr
Verantwortung.

Das Gymnasium hatte einen guten Ruf. Alles hatte
gepasst.

Endlich als Familie zusammenleben, so wie sie es sich
immer erträumt hatten.

Nur – wenn jetzt alles passte, warum wollte sich kein
Zufriedenheitsgefühl bei ihr einstellen?

Sie vermisste ihre Tochter. Vermisste die Zeit mit ihr.
Und gruselte sich vor dem Tag, an dem selbst der kleinste
Rest Vertrautheit verschwunden wäre.

„Welches fast fünfzehnjährige Mädchen hängt schon
gern mit seiner Mutter ab?", dachte sie – und musste sich
eingestehen, dass die Antwort wehtat.

Und dann war da noch Björn. Immer da. Still. Lautlos
dominant. Präsenter als gewollt.

Sabrina rieb sich die Stirn und goss Kaffee in ihre
Tasse.

Da hörte sie Schritte auf der Treppe.

Sie drehte sich zur Tür, halb lächelnd. „Na, du
Schlafmütze ..."

Ihre Stimme stockte.

Die Farbe wich aus ihrem Gesicht.

„Du?! Was machst du hier?"

Heiser, fast tonlos, presste sie die Worte heraus. Ihre Hände krallten sich an den Küchentresen.

In der Tür stand eine junge Frau. Locker, selbstbewusst. Frech grinsend.

Nicht schüchtern.
Nicht fremd.
Nicht gewollt.

„Ich wollte dich sehen. Du hast mir gefehlt."

Ein Ruck ging durch Sabrina.

„Bist du völlig wahnsinnig geworden? Hat dich jemand gesehen? Wie lange bist du schon hier?"

„Ein paar Minuten. Die Tür war offen. Niemand war unten, also habe ich oben nach dir geschaut. Deine Tochter schläft noch", sagte sie mit gesenkter Stimme. „Beruhig dich. Ich dachte, du freust dich. "Sabrina schüttelte langsam den Kopf.

Wenn sie nicht so geschockt wäre, würde sie sich vielleicht sogar freuen.

„Komm mit", sagte sie schließlich. Ihre Stimme klang ruhiger, als sie sich fühlte.

Sie nahm die Hand der jungen Frau und zog sie mit sich. „Du fährst. Ich erklär dir den Weg."

Sie griff nach ihrer Tasche, tippte hastig eine Nachricht an Lukje – und noch bevor sie angeschnallt war, rollte der Wagen aus der Einfahrt.

Kapitel 4

„Wer liebt, riskiert, verletzt zu werden."

Lukje kam nach Hause, ohne sich an den Weg zu erinnern.

Die Haustür quietschte kaum hörbar, als sie sie aufschob. Kein „Hallo?", kein Essensduft, keine Musik aus dem Wohnzimmer. Nur Stille.

Sabrina hatte Spätdienst – sie wusste das. Trotzdem fühlte es sich falsch an, allein zu sein.

Sie ließ die Tasche im Flur fallen, kickte die Schuhe in eine Ecke und zog die Jacke aus, ohne sie aufzuhängen. Auf dem Weg in ihr Zimmer blieb sie vor dem Spiegel stehen.

Die Haare zerzaust. Das Gesicht blass. Dunkle Schatten unter den Augen.

Müde. Leer.

Aber da war noch etwas.

Der Junge.

An der Haltestelle.

Er hatte nichts gesagt. Nichts getan. Und trotzdem war etwas gewesen – etwas, das sich nicht in Worte fassen ließ.

Sie hatte sein Gesicht kaum gesehen. Kapuze, schwankendes Licht, ein flüchtiger Moment. Und doch hatte sie seinen Blick gespürt.

War er echt gewesen? Oder hatte ihr Kopf ihn erfunden – weil sie sich so sehr nach etwas anderem sehnte?

Unter der Dusche versuchte sie, die Gedanken abzuspülen. Doch der Blick des Jungen klebte an ihr wie das nasse Handtuch danach.

Zurück in ihrem Zimmer griff sie nach dem Handy.

Instagram.

#LostPlace hatte inzwischen sieben Likes.

Drei davon waren ihr unbekannt.

Sie starrte auf das Bild vom Stuhl – einsam, abgestellt zwischen Baustellenresten.

Der Ort war nichts Besonderes.

Und doch fühlte er sich seltsam vertraut an.

Als hätte auch der Junge nur sie sehen können.

Vielleicht war er gar nicht echt?

Sie legte das Handy beiseite und ließ sich rücklings aufs Bett fallen.

Der Tag war vorbei.

Oder doch nicht?

Kapitel 5

„Es gibt Gedanken, die lassen sich nicht abschalten."

Sabrina stellte die Kanne in die Maschine, drückte den Startknopf und lehnte sich gegen die Arbeitsplatte. Das vertraute Blubbern des aufheizenden Wassers erfüllte die Küche, als hätte es seit Jahren dazugehört. Dabei war es erst ein paar Wochen her, dass sie das alte Leben eingepackt und hierher verfrachtet hatten – nach Grevensand , in diese merkwürdige Zwischenwelt aus Neubau und Altbau, Nähe und Fremdheit.

Die ersten Tropfen Kaffee fielen in die Kanne. Dunkel. Bitter. Warm.

Man hatte ihr gesagt, es würde leichter werden. Dass man sich an das Neue gewöhnt. Dass das alles normal sei.

Aber es fühlte sich nicht normal an.

Nicht der Dienstplan, der ihr kaum Luft zum Atmen ließ.

Nicht das neue Haus mit seinen stillen Ecken, die zu groß wirkten, wenn niemand sprach.

Und erst recht nicht Björn.

Er war da. Immer. Überall.

Und genau das war das Problem.

Jahrelang hatten sie funktioniert. Wie Zahnräder, die ineinandergriffen. Wochenendbeziehung, klare Abläufe, liebevoll geplante Besuche, drei Stimmen auf einer Leitung, wenn Lukje dazwischen plapperte. Jetzt sollte daraus ein gemeinsames Leben entstehen. Ein Eheleben. Ein Tisch. Ein Bett. Ein gemeinsames Badezimmer.

Aber Nähe, die einmal kostbar war, konnte auch zu viel werden.

Sabrina nahm ihre Tasse, setzte sich an den Küchentresen und wickelte die Finger um das heiße Porzellan. Ihre Gedanken wanderten – ganz automatisch – zurück.

An gestern.

An den Moment an der Tür.

An den Schock.

Und an das vertraute Kribbeln, das sie sich verboten hatte.

Ein Bild. Eine Stimme. Ein Lachen.

Ein Hauch von Parfüm.

Ein Flüstern am Telefon.

„Du fehlst mir. Ich wünschte, ich wäre bei dir."

Die Nachricht war Wochen alt. Und noch immer ungelesen markiert.

Nicht, weil sie es vergessen hätte.

Sondern, weil sie nicht wusste, wie sie antworten sollte.

Sie schob die Tasse zur Seite, nahm ihr Handy, öffnete den Chat – und schloss ihn sofort wieder.

Wie oft hatte sie das getan?

Die Affäre in Berlin war leicht gewesen. Unverbindlich. Keine Versprechen. Kein Risiko.

Sie selbst hatte nichts Festes gewollt.

Denn sie liebte Björn.

Aber sie war einsam gewesen.

Nicht in jeder Minute. Nicht durchgehend. Aber oft genug, dass es zählte.

Sie hatte sich verändert. Das merkte sie.

Nicht nur äußerlich. Nicht nur im Job.

Etwas in ihr hatte sich verschoben.

Und jetzt saß sie hier – in einem Haus mit dem Mann, den sie liebte.

Oder geliebt hatte?

Oder immer noch liebte, aber auf eine Weise, die nicht mehr zu ihr passte?

Sie nahm einen Schluck Kaffee. Er war zu heiß. Sie trank trotzdem. Vielleicht war das ihre Art, sich zu spüren.

Björn war aufmerksam. Er war sanft, zuverlässig, klug.

Aber da war eine Distanz, die nicht von ihm kam.

Sondern aus ihr selbst.

Was, wenn man zwei Menschen lieben konnte?

Aber nicht zwei Leben führen?

Oben knackte eine Diele. Schritte. Verhalten, zögernd.

Sabrina drehte sich zur Tür. Einen Herzschlag lang erwartete sie das gestrige Bild.

Doch es war nur Lukje.

Und plötzlich war sie erschöpft.

Von all dem Denken, dem Sehnen, dem Verstecken.

Sie lächelte. „Frühstück ist fertig."

Und hoffte, dass ihre Stimme nicht verriet, wie viel in ihr zerbrach.

Lukje setzte sich, ohne etwas zu sagen. Ihre Haare waren noch nass, sie trug das Shirt von gestern.

„Ich habe dir frische Wäsche rausgelegt", sagte Sabrina beiläufig.

„Hab's gesehen."

Keine Bewegung. Kein Danke. Keine Miene.

Sabrina sah sie an. Einen Moment lang sagte sie nichts. Dann, beherrscht, aber mit Kante:

„Na gut. Wenn du demnächst für uns alle die Wäsche machst, sag ich dann auch einfach ‚Hab's gesehen'. Ohne Danke. Ohne alles."

Lukje blinzelte. Doch ihr Blick blieb trotzig.

Sabrina atmete durch.

„Ich bin nicht deine Haushälterin, Lukje."

Ihre Stimme blieb ruhig, aber es war klar, dass die Worte nicht verhandelbar waren.

„Und du bist kein Gast hier. Du gehörst zu uns. Und das bedeutet manchmal auch: sich benehmen wie jemand, der dazugehört."

Ein Moment lang saß Lukje stumm da. Dann hob sie den Blick, kaum merklich, und murmelte:

„Dann… danke."

Es war mehr Luft als Ton, ein Wort im Flüstermodus, hastig davongeschoben, ehe es ihr peinlich werden konnte.

Sie stand auf, ging zum Wäschestapel auf dem Sessel, schnappte sich ihr Shirt und verschwand nach oben.

Zehn Minuten später kam sie wieder – frisch angezogen, mit zusammengebissenen Zähnen – und nahm im Vorbeigehen auch die gefaltete Wäsche ihrer Eltern mit. Oben, im Schlafzimmer, legte sie die Stapel aufs Bett.

Sabrinas Seite war gemacht. Björns nicht.

Sie blieb kurz stehen.

Stirnrunzeln.

Ein seltsames Ziehen irgendwo zwischen Bauch und Brustbein.

Dann schob sie den Gedanken beiseite, drehte sich um und ging wieder.

Runterschlucken. Weitermachen. Später denken. Jetzt nicht.

Sabrina schenkte Orangensaft ein. Für Björn. Björn mochte keinen Kaffee. Sie brauchte ihn. Immer schwarz. Immer zwei Tassen.

Er kam genau in dem Moment die Treppe herunter, wie ein Uhrwerk. Frisch rasiert, Hemd in der Hose, ein Buch unterm Arm.

„Guten Morgen."

Sabrina nickte. „Steht alles da."

„Danke. Aber du musst das nicht immer tun."

Er küsste sie auf die Wange. Flach. Funktional.

Sie spürte nichts. Kein Kribbeln. Kein Aufatmen.

Und dann, mitten im Kauen, fragte Lukje:

„Haben wir heute Abend was vor?"

„Warum?"

„Nur so. Vielleicht wollte ich noch raus."

Sabrina hob die Schultern.

„Muss ich noch schauen, wie's mit dem Spätdienst ist."

„Du hast keinen."

Björn sah sie an.

Sabrina hielt inne.

Stimmt. Sie hatte keinen.

Kapitel 6

„Ein Moment kann alles verändern"

Lukje schob die Decke zur Seite und blinzelte ins
Dämmerlicht.
Das neue Zimmer war noch immer ungewohnt. Größer
als in Berlin. Aufgeräumter. Fremder.
Keine schiefen Wände, kein Dachfenster, durch das sie
die Sterne sehen konnte. Nur glatte weiße Wände und ein
Kleiderschrank, den sie nicht mochte.

Sie stand auf, ging barfuß zum Fenster und schob die
Vorhänge beiseite.
Draußen war es still. Zu still.
Ein paar Krähen. Sonst nichts.

Sie zog sich die weite Jogginghose über, griff nach
ihrem übergroßen Hoodie mit dem kleinen Fuchs auf der
Brust. Ihre Haare waren zerdrückt vom Schlaf.
Hochstecken oder egal? Sie entschied sich für egal.

Aus dem Handy-Lautsprecher dudelte leise Musik –
irgendwas Indie-Melancholisches.
Kein Mainstream. Kein Deutschpop.
Eher Gitarren, Stimmen mit Ecken, Texte zum Mitdenken.

Sie hatte keinen Hunger. Aber der Kopf war wach.
Sie tappte in die Küche.
Der Brotteller stand noch da.
Darüber: ein Zettel in Sabrinas Handschrift.

Iss was. Du brauchst Kraft.

Daneben, von Mama:
Bin schnell mit Kollegin weg. Frühstück steht bereit. Bitte
wecke Papa nicht auf.

Sie starrte auf die Nachricht.
„Kollegin?"
So schrieb ihre Mutter nicht. Und sie ging auch nicht
einfach – ohne Kommentar, ohne Anruf.

Sie schnappte sich eine Banane, schälte sie, biss ab –
und ließ sie auf halbem Weg sinken.
Der Geschmack passte nicht zum Gefühl in ihrem Bauch.

*
**

Zurück auf dem Bett streckte sie die Hand nach dem
Handy aus.

Instagram.

luke030
[Foto] Ein Stuhl #LostPlace
   . . .

Sie mochte das Wort.
So wie sie Orte mochte, an denen sich etwas verlor. Oder
jemand.

mondkind
[windblow]
   . . .

Ein Kommentar.
Ein Wort in Klammern. Drei Punkte.

Der Name: mondkind.
Kein Bild. Keine Info. Kein weiterer Hinweis.
Aber der Ort – genau dort, wo sie das Bild gemacht hatte.

Ein Kribbeln im Bauch. Kein Schreck – eher ein Flirren unter der Haut.

Sie klickte auf das Profil.
Nichts.
Nur dieser Name.
Zufall? Vielleicht.
Oder jemand, der sie gesehen hatte.

Sie legte das Handy kurz weg, holte es dann doch wieder.

WhatsApp-Gruppe: BerlinBabes

Lukje
Ich halt's hier nicht aus.
Dieser Simon kriegt von den Lehrern nix – aber mich gucken sie an, als wäre ich das Problem.
Ich vermisse euch. Alles hier ist falsch.
Und dieses Neubau-Zeug stinkt.
. . .

Jasmin
Willst du, dass wir dich entführen?
. . .

Lukje
Nur wenn ihr Snacks mitbringt.
. . .

Mara
Und ein Pony.

. . .

Lukje
Ich bin das Pony. Ich will zurück in den Stall.
Bis später, Babes.

. . .

Sie stand auf, trat in den Flur, linste vorsichtig ins Elternschlafzimmer.

Die Tür war angelehnt. Björn schnarchte leise.
Ein bisschen wie früher, wenn sie als Kind nachts wach wurde und aus dem Nebenzimmer dieses Geräusch hörte.
Es klang vertraut. Fast niedlich.

Sie liebte ihren Vater. Natürlich. Auch wenn sie es gerade nicht gut zeigen konnte.
Vielleicht, dachte sie, ist Pubertät einfach das Gegenteil von Umarmung.

Plötzlich war sie hellwach.

Kapitel 7

„Und plötzlich ist nichts mehr wie vorher."

Lukje sah immer wieder auf den Bildschirm.

Instagram.

lukje030:
[windblow]

. . .

Ein einziger Smiley. Keine Erklärung.
Wer schickt sowas? Und warum gerade jetzt?

Sie klickte auf den Account: *moin.mondkind*
Kein Profilbild. Kein echter Name.
Aber drei andere Beiträge:
• *ein verwackeltes Foto von der alten Eiche hinter dem Schulhof*
• *ein Schatten auf dem Boden in der Turnhalle*
• *und ein Bild von exakt dem gleichen Stuhl, den sie fotografiert hatte – nur aus einem anderen Winkel.*

Ein Schauer lief ihr über den Rücken.
Also war er wirklich da gewesen?
Oder hatte jemand ihr Bild bearbeitet?

Sie tippte vorsichtig:

lukje030:
@moin.mondkind warst du das mit dem Kommentar?

. . .

(…) 10 Sekunden
(…) 20 Sekunden
(…) eine Minute

moin.mondkind:
Vielleicht

. . .

lukje030:
Wer bist du? Kennst du mich?

. . .

(…) Pause. Lang diesmal.
moin.mondkind:
Ich sehe dich.

. . .

Sie hielt den Atem an.
War das unheimlich?
Oder … tröstlich?
Sie wusste es nicht.

In ihrem Bauch kribbelte es. Kein schönes Kribbeln.
Ein aufgewühltes.
Zu viele Gedanken.
Zu viele Fragen.

Sie legte das Handy weg – nur um es drei Sekunden
später wieder in die Hand zu nehmen.
Er war noch online.
Er wartete.
Oder bildete sie sich das nur ein?

Sie wollte etwas Kluges schreiben. Oder etwas Freches.
Oder etwas Normales.
Aber nichts passte.

Stattdessen tippte sie einfach:

lukje030:
Danke ... wegen dem Stuhl.
. . .

Dann legte sie das Handy mit dem Display nach unten
und stand auf.
Still war es. Zu still.

Sie streckte sich, kniff die Augen zusammen, als
müsste sie das Denken kurz abschütteln.

Dann öffnete die Suchleiste.
Sie klickte sich durch Profile aus der Schule.
Erst bekannte Namen. Dann Vorschläge.

Ein Junge tauchte auf – Sonnenbrille, Basketballkorb,
einen Rucksack zwischen den Füßen.
Ein Foto wirkte vertraut. Der Winkel, das Licht.

Kurz dachte sie: Das könnte er sein.
Oder eben nicht.

Sein Name sagte ihr nichts. Kein Nachname, den sie
kannte.
Vielleicht war es Zufall.
Vielleicht nicht.

Sie scrollte weiter, klickte sich fest.
Las ein paar Bildunterschriften.

Und fror plötzlich ein.

Eines der Bilder war geliked – von einem alten
Account von ihr.
Damals, als sie einfach alles mochte, was cool war.
Noch vor dem Umzug.
Bevor sie sich kannte.

Das Herz in ihrem Bauch rutschte ein kleines Stück
tiefer.
Plötzlich wirkte das Kribbeln wärmer.
Vielleicht war auch das kein Zufall.

Kapitel 8

„Manche Antworten tun mehr weh als das Schweigen."

Montag. Der Flur roch nach Turnbeuteln, zu süßem Parfüm und kaltem Schweiß.

Lukje war früh dran – zu früh. Sie mochte es nicht, wenn alle gleichzeitig durch die Tür drängten wie ein Rudel hungriger Wölfe.

Sie lief an den Spinden vorbei, schob sich durch zwei Jungs, die sich über ein Fußballspiel stritten. Einer murmelte „Sorry", aber sie wusste nicht, ob er sie überhaupt meinte.

Die Luft war stickig. Die Fenster durften nur gekippt werden.

„Energiesparen", hatte es geheißen. Als wäre das hier ein Ort, wo es um Energie ging.

In ihrer Klasse war es still, als sie reinkam.

Zwei Mädchen flüsterten, verstummten, als sie sie sahen. Einer grinste schief. Der Blick von hinten. Dieser Blick. Immer.

Sie setzte sich an ihren Platz. Zweite Reihe, außen. Unsichtbar. Theoretisch.

Ihr Rucksack war zu schwer. Das Mäppchen zu voll.

Sie ließ sich auf den Stuhl sinken, legte das Matheheft auf den Tisch und tat, als würde sie den Titel abschreiben.

Gedanken huschten durch ihren Kopf – Berlin.

Die Bahnlinie U2, die immer nach Metall roch.

Elifs Lachen auf dem Pausenhof.

Der Späti an der Ecke, wo man auch nach 21 Uhr noch ein Eis bekam.

Dort hatte alles irgendwie funktioniert.

Dort war sie jemand gewesen.

Hier war sie: die Neue.

Und das blieb sie.

Nicht nur, weil die anderen sie nicht aufnahmen – sondern auch, weil sie sich nicht einnehmen lassen wollte.

„Wenn ich hier richtig mitmache... bin ich dann noch ich?"

„Na, Rotkopf, hast du dich ausgeschlafen?"

Simon. Immer Simon.

Sie antwortete nicht.

„Oder hat dich dein Spiegelbild so erschreckt, dass du nicht mehr einschlafen konntest?"

Wieder Lachen. Nicht laut. Aber deutlich.

Wie immer war es dieses Halblachen – feige, abwartend, nie ganz ehrlich.

Früher hätte sie darauf gewartet, dass jemand etwas sagte.

Heute wartete sie nicht.

Sie sagte auch nichts.

Sie holte ihr Heft raus, klappte es auf und starrte hinein, als würde sie lernen. In Wirklichkeit zählte sie langsam in ihrem Kopf.

Eins... zwei... drei...

Irgendwo in der Klasse räusperte sich jemand.

Stühle quietschten, ein Stift fiel auf den Boden.
Der Lehrer war noch nicht da.
Unter der Bank vibrierte ihr Handy.

Instagram

moin.mondkind
Simon hört man bis hier draußen. Halte durch. Er kann
dir gar nichts."
...

Ein winziges Lächeln stahl sich in ihr Gesicht.
Simon merkte es.

„Was gibt's hier zu grinsen?"
Er beugte sich über ihren Tisch.
„He, ich rede mit dir!"

Sie sah ihn an. Zum ersten Mal seit Wochen.
Nicht trotzig. Nicht ängstlich. Einfach nur: klar.

„Du bist langweilig, Simon."
Ihre Stimme war ruhig. Beinahe freundlich.

Für einen Moment war alles still.
Dann lachte jemand. Leise.
Nicht über sie. Sondern… mit ihr.

Simon starrte sie an.
Sagte nichts mehr.

In der Pause saß Lukje auf der Treppe hinter der
Sporthalle.

Der Wind spielte mit ihren Locken, der Beton unter ihr war kalt, aber das war egal.

Hier redete niemand mit ihr.

Niemand lachte über sie.

Und niemand fragte, ob sie sich nicht „mal ein bisschen mehr Mühe geben" wollte.

Sie hatte sich bemüht. Jeden Tag. Nur sah das keiner.

Ein paar Jungs bolzten auf dem Hof. Zwei Mädchen machten Selfies an der Wand.

Aber hier, hinter dem Haus, war es still. Fast friedlich.

Sie zog das Handy aus der Tasche.

Schaltete den Bildschirm ein.

Der letzte Satz von moin.mondkind leuchtete ihr entgegen.

„Simon hört man bis hier draußen. Halte durch. Er kann dir gar nichts."

Sie blinzelte.

Nicht, weil sie weinen musste – sondern weil sie für einen Moment nichts sagen konnte.

Er war da.

Schon wieder.

Ohne dass sie ihn gerufen hatte.

Sie tippte:

Instagram

lukje030
Ich hasse ihn und mich manchmal auch.
. . .

Die Nachricht blieb lange stehen.

Sie dachte, er würde nicht antworten.

Vielleicht war das zu viel gewesen. Zu ehrlich. Zu schwach.

Aber dann kam:

moin.mondkind
Quatsch, du bist nicht schwach. Du bist nur müde. Das ist ein Unterschied.
. . .

Lukje legte das Handy auf ihren Oberschenkel und starrte in den Himmel.

Es war grau. Typisch Montag.

Und trotzdem fühlte sie sich nicht mehr ganz so allein.

Kapitel 9

„Auch ein starker Mensch darf müde sein."

Als Lukje am Nachmittag nach Hause kam, war das Licht in der Küche gedämpft.
Nicht richtig hell, nicht richtig dunkel.
Ein Dazwischen, dass sie nicht mochte.
Ihre Mutter stand am Herd, rührte in einem Topf.
Björn saß mit dem Tablet am Tisch. Er sah auf, lächelte – zu schnell.
„Na, wie war's?" fragte er.
„Okay", sagte Lukje.
Sie stellte die Tasche ab, zog die Jacke aus.
Während sie sich bückte, bemerkte sie: Die beiden hatten sich angesehen.
Nicht lang. Nur eine Sekunde zu viel.
Ein Blick, der wehtat, obwohl er flüchtig war.
„Spaghetti", sagte Sabrina. Ihre Stimme war müde.
„Schon wieder?", fragte Lukje und setzte sich.
Sie wollte nicht nörgeln, aber irgendetwas musste raus.
Sabrina zuckte die Schultern. „Geht schnell."
Das war's. Kein „Wie war dein Tag?" Kein „Alles okay?" Nur Rühren.
Fast schon entschuldigend, aber zu leise, um echt zu wirken.

Lukje sah auf den Tisch. Zwei Teller.
Björn sah es auch.
„Ich deck dann mal", sagte er und stand zu hastig auf.
Sie beobachtete, wie er in die Schublade griff.
Zwei Gabeln, ein Messer – dann stockte er.

Zögerte.
Er holte eine dritte Gabel.
Ein dritter Teller klirrte.

Nicht das Klirren war es, das auffiel.
Sondern das, was davor fehlte: Selbstverständlichkeit.
„Mama?", fragte Lukje plötzlich. Ihre Stimme war
leise, aber klar.
„Hm?"
Sabrina drehte sich nicht um.
„Hattest du heute eigentlich Spätdienst?"

Die Kelle in ihrer Hand blieb in der Luft stehen. Nur
kurz.
Dann schöpfte sie weiter. Als wäre nichts gewesen.
„Ich hatte früher Schluss. Ich habe vorher noch
jemanden getroffen."
Lukje nickte langsam.
„Jemanden?" Ganz normal betont.
„Eine Kollegin."
Sabrina stellte die Töpfe auf den Tisch. Sie lächelte.
Nicht ganz.
Björn sah erst sie an. Dann Lukje. Dann sein Glas.
Er sagte nichts.
Dann doch:
„Sieht lecker aus", murmelte er.
Aber niemand griff zum Besteck.
Während des Essens war es still.
Zu still.
Nur das leise Schaben der Gabel auf dem Teller.
Und Lukjes Gedanken.
Die waren laut. Und wurden täglich lauter.

*
**

Nach dem Essen räumte Björn den Tisch ab, wischte die Arbeitsfläche sauber und sortierte das Geschirr in die Spülmaschine.

Sabrina stand neben dem Kühlschrank und aktualisierte die Einkaufsapp.

„*Kaufs-App?*" fragte Lukje.

„*Kaufs-App!*", bestätigte Sabrina.

„Du hast da wieder lauter lebensnotwendige Dinge eingetragen."

„Ich bin ein sehr bedürftiger Mensch."

„Offenbar."

"Dann lasst uns fahren." – Sabrina wollte fertig werden und trieb ihre Familien an.

Auf dem Supermarktparkplatz fuhr gerade ein grauer Kleinwagen weg, als Sabrina bremste.

Sie starrte dem Auto hinterher, als hätte es ihr etwas gestohlen.

„Alles gut?" fragte Björn.

Sabrina nickte langsam.

„Ich dachte nur kurz… ich habe das Auto meiner Kollegin gesehen."

„Die, die längst wieder in Berlin sein wollte?"

„Genau die."

Sie atmete einmal tief durch und parkte ein.

*
**

Der Supermarkt war größer als der in Berlin, aber irgendwie seelenloser.

Zu viel Licht. Zu viel Platz.

Aber auch: weniger Menschen, weniger Gedränge.

Sabrina redete über Tomatensorten, Björn suchte Hafermilch.

Lukje machte ein Bild vom Regal mit den Sonderangeboten.

Nicht, weil es schön war – sondern weil es absurd wirkte.

Ein Schild mit *„Du brauchst das!"* vor drei einsamen Sockenpaketen.

Sie musste grinsen.

Am Ausgang begegneten sie einer Frau mit gelber Windjacke und einem zu kleinen Hund.

„Sie sind doch neu hier, oder?" fragte sie freundlich.

Sabrina nickte, stellte sich vor.

„Ach, Ihr Mann ist der Meeresforscher? Mein Sohn ist ganz begeistert von diesem Projekt. Ich glaub, er hat einen Artikel über Sie gelesen."

Björn lächelte verlegen.

„War eher eine Randspalte."

Lukje sagte nichts.

Aber sie beobachtete genau.

Die Straße. Die Gesichter.

Den Rhythmus der Gegend.

Wie sich alles anders anfühlte – aber nicht unbedingt schlecht.

Auf dem Weg zum Auto zwinkerte Björn seiner Tochter zu.

„Wenn das mit dem Artikel so weitergeht, muss ich bald Autogrammkarten drucken lassen."

„Dann bekommst du auch einen eigenen Aufsteller im Supermarkt", sagte Lukje trocken.

„Neben den Energy-Drinks."

„Oder den Socken mit Aufdruck."

Sie grinsten beide.

Zuhause öffnete sie das Fenster und hielt das Handy in die Luft.

Der Himmel war trüb.

Aber ein alter Baum am Nachbargrundstück war fast golden im Licht der Straßenlaterne.

#FastZuhause, schrieb sie als Hashtag dazu.

Kapitel 10

„Vielleicht beginnt Mut genau hier."

Lukje lag auf dem Bauch, das Gesicht halb im Kissen vergraben, das Handy vor sich.

Das Display war das einzige Licht im Zimmer. Der Rest lag in sanftem Dunkel, als hätte sich der Tag einfach aufgelöst.

Sie hatte sich nach dem Essen entschuldigt. „Hausaufgaben", hatte sie gesagt. Niemand hatte gefragt, welche.

Ihr Zimmer war der einzige Ort, der wirklich ihr gehörte.

Der Lesesessel am Fenster, die leicht schiefe Lichterkette über dem Bett, die Postkarten an der Wand – manche schief, manche doppelt festgeklebt, weil sie immer wieder runterfielen.

In der Ecke stand eine Gitarre. Sie konnte sie nicht spielen. Aber sie mochte den Gedanken, es irgendwann zu lernen.

Beim Scrollen rutschte ihr Daumen kurz ab. Ein altes Bild tauchte auf: Elif mit Sonnenbrille, beide auf dem Balkon, bunte Gläser in der Hand.

Selbstgemachte Limonade. Flechtfrisuren. Sommer.

Alles war heller gewesen, auch wenn sie das damals nicht gemerkt hatte.

Ein kleines graues Pünktchen blinkte.
Online.
moin.mondkind ist aktiv.
Sie zögerte.

Dann tippte sie:

lukje030
Ich glaube, meine Familie lügt mich an.

(…)
(…) 5 Sekunden
(…) 10 Sekunden

moin.mondkind
Vielleicht weil sie Angst haben, dir die Wahrheit zu
sagen.
...

lukje030
Welche Wahrheit?
…

moin.mondkind
Dass sie nicht wissen, wie man ehrlich ist, ohne weh zu
tun.
...

Lukje schloss die Augen.
So hatte sie es noch nie gesehen.
Aber es fühlte sich… nicht falsch an.

lukje030:
Manchmal wünsch ich mir, einfach zu verschwinden.
...

moin.mondkind
Das tust du doch schon. Jeden Tag ein bisschen mehr.

...

Sie hielt den Atem an. Diese Worte.

So klar. So wahr. Und trotzdem weich.

Wie konnte jemand, den sie nicht kannte, so deutlich sehen, was sie selbst kaum ausdrücken konnte?

lukje030

Und du? Warum schreibst du mir?

...

moin.mondkind

Weil ich dich sehe – und weil ich mag was ich sehe.

...

lukje030

Aber ich weiß gar nicht, wer du bist?

...

moin.mondkind

Noch nicht.

...

Draußen bellte ein Hund.

Sie drehte sich auf die Seite, wickelte sich in ihre Decke.

Die Stimmen unten im Haus waren längst verstummt.

Aber diese hier war geblieben.

lukje030

Bist du echt?

...

(…) *lange Pause*

moin.mondkind
Was ist echt?

...

Sie schrieb nichts mehr.
Ihr Herz war zu voll, um noch mehr festzuhalten.
Das Handy blieb in ihrer Hand, als sie einschlief.
Im Halbdunkel.
Umgeben von Dingen, die nichts erklärten.
Aber auch nicht mehr ganz allein.

Kapitel 11

„Was uns zerbricht, formt uns manchmal neu.“

Der Duft von Kaffee und getoastetem Brot zog durch das Haus.

Lukje tappte barfuß die Treppe hinunter. Noch etwas verschlafen, aber wach genug, um zu merken, dass etwas fehlte.

Sabrina.

In der Küche saß nur Björn. Die Zeitung lag neben ihm, das Tablet in der Hand.

Er sah auf, als sie hereinkam.

„Morgen, mein Spatz.“

Sie zuckte kaum merklich zusammen. Sagte nichts.

Langsam setzte sie sich an den Tisch, wo bereits zwei Teller standen – einer davon für sie.

Eine Tasse dampfte neben dem Brotkorb.

„Deine Mutter musste früher los“, sagte Björn beiläufig. „Sie hat spontan einen Dienst übernommen – war wohl kurzfristig.“

„Aha.“

Sie goss einen Schuss Milch in den Kaffee.

Der helle Strudel breitete sich aus, drehte sich, löste sich langsam auf.

Für einen Moment war das alles, was sich in ihr bewegen durfte.

Sie nahm ein Stück Toast. Kaute.

Der Tisch war zu still.

„Sag mal“, begann Björn vorsichtig, „wie läuft's eigentlich in der Schule?“

Sie zuckte mit den Schultern.

„Geht schon.“

„Heißt das: normal, oder heißt das: nicht reden wollen?"

Sie antwortete nicht sofort. Dann:

„Ich mag's einfach nicht. Das Ganze. Die Leute."

Björn nickte kaum sichtbar.

„Du hast damals gesagt, du willst auf dieses Gymnasium. Weißt du noch?"

„Ja, weil ich dachte, dass es anders wird."

Er schwieg. Ein langsames Nicken, kein belehrendes.

„Willst du mir ein bisschen mehr erzählen?"

Sie schüttelte den Kopf.

„Es ist nicht schlimm. Nur manchmal blöd. Ich bin halt … nicht so wie die anderen."

Ihr Blick sank auf die Tasse. Das Milchmuster war längst verschwunden.

„Du bist gut, so wie du bist."

Björn sagte es ruhig, mit dieser stillen Überzeugung, die nicht diskutiert werden wollte.

„Simon findet das nicht."

Ein Satz. Leise. Fast beiläufig.

Und doch schwer wie Blei.

Björn runzelte die Stirn.

„Der mit den Sprüchen?"

Sie nickte.

„Wenn ich daran denke, wie der mit dir redet…" Er atmete durch.

„Dann wünschte ich, ich könnte dich einfach beschützen."

Sie schwieg.

Und genau das war das Richtige.

Er schob das Tablet zur Seite.

„Es gibt Vertrauenslehrer. Und ich könnte … mal jemanden fragen. Ganz neutral. Nur, ob es Wege gibt, das besser zu machen. Ohne deinen Namen zu nennen."

Lukje hob den Kopf.

„Musst du nicht."

„Ich weiß", sagte Björn sanft. „Aber ich will."

Sie sah ihn an. Nur einen Moment.

Aber da war etwas zwischen ihnen – echt, ruhig, verbunden.

Und sie wusste: Er war wirklich für sie da.

Kapitel 12

„Nicht jedes Lächeln ist ehrlich."

Es war kurz nach 22 Uhr, als Lukje das Handy zur Hand nahm.

Sie hatte lange gewartet. Der Tag war zäh gewesen – voller Schweigen.

Sabrina war spät heimgekommen.

Björn telefonierte mit gedämpfter Stimme – nicht heimlich, aber auch nicht offen.

Lukje hatte nichts gefragt.

Aber jetzt blinkte es wieder.

moin.mondkind ist aktiv.

lukje030:
Warst du heute auch in der Schule?
...

moin.mondkind:
Ich bin immer da.
...

lukje030:
Du bist doch nicht echt.
...

moin.mondkind:
Warum glaubst du das?
...

lukje030:
Also? Wer bist du?
...

(...) *Lange Pause.*

Das Tippen-Zeichen erschien.

(...)

Verschwand.

Kam wieder.

Ging.

Dann endlich:

moin.mondkind
  Nenn mich Jaro.
...

  Lukje las den Namen zweimal.
Nicht deutsch. Nicht fremd. Einfach: *Jaro*

  Lukje030
Und du bist wie alt?
    ...

moin.mondkind:

Alt genug, um mich zu erinnern. Jung genug, um noch zu hoffen.

…

Ein kleines Schnauben, halb Trotz, halb Grinsen.

lukje030

Okay, Philosoph. Aber warum ich?

…

moin.mondkind:

Weil du siehst, was andere übersehen.
Deine Fotos… du hältst Dinge fest, die keiner beachtet.
Einen Stuhl. Ein Blatt. Einen Moment.
Und plötzlich bekommen sie Bedeutung.

…

lukje030

Warum hast du das Bild vom Stuhl gelikt? Ehrlich.

…

moin.mondkind

Weil ich wusste, was du damit meinst.
Nicht mit dem Kopf. Mit dem Bauch.
Alle anderen haben weggesehen.
Du hast angehalten.
Das ist mutiger, als du denkst.

…

lukje030

Ehrlich? Ich habe den Stuhl gar nicht gesehen. Ich war nur… traurig.

…

moin.mondkind

Manchmal sieht man gerade dann am besten.
Weil man nichts mehr erwartet – aber alles fühlt.

…

lukje030

Oh. Ich habe also einen Schreiberling erwischt.
Was nimmst du für eine Zeile Poesie?"
Ich muss erst mal gucken, ob ich mir dich leisten kann.

…

moin.mondkind

Wenn du lachst, ist der Preis egal.

…

lukje030

Hast du ein Lieblingsfoto von mir?

…

moin.mondkind

Von dir oder von den Fotos die du gemacht hast? ;) Das mit dem kaputten Fenster. Weil man trotzdem rausgucken kann."

…

lukje030

Du bist echt komisch. Aber irgendwie schön komisch.

…

moin.mondkind
Du auch. Nur schöner.

…

lukje030
Du kennst mich doch gar nicht.

…

moin.mondkind
Noch nicht. Aber ich würde gern.

…

Sie las die letzten Nachrichten dreimal.
Dann legte sie das Handy vorsichtig aufs Bett.
Nicht, weil sie nichts mehr schreiben wollte –
sondern weil ihr Herz so laut klopfte, dass sie es hören
konnte.

Kapitel 13

„Der Wunsch zu verschwinden ist kein Versagen."

Lukje saß auf der Fensterbank gegenüber der Cafeteria, die Beine angezogen, die Arme um die Knie geschlungen.

Sie hatte keinen Hunger. Das sagte sie sich jedenfalls.

Vor ihr zogen die anderen mit ihren Tabletts vorbei, laut, lebendig, hungrig.

Sie versuchte, nicht hinzusehen. Aber ihr Blick glitt immer wieder durch die Gesichter. War er dabei?

Jaro?

Er musste sie erkennen. Immerhin wusste er so viel. Aber wer war er?

Ihr Herz schlug bei jedem Jungen schneller, der auch nur kurz in ihre Richtung schaute.

Einmal blickte ein Schwarzhaariger kurz zu ihr – sie hielt den Atem an.

Dann wandte er sich dem Nachtisch zu.

Nicht er.

Dann, plötzlich:

Ein Tablett, eine Kapuze, ein ruhiger Schritt. Er blieb nicht stehen. Nicht ganz. Aber er sah sie an. Mitten ins Gesicht.

Kein Zögern. Kein Flackern.

Nur ein klarer, stiller Blick – als hätte er sie gesucht. Und gefunden.

Und dann:

Ein Nicken.

Wortlos.

Aber es sagte mehr als jeder Satz.

Sie wusste: Er hatte sie gesehen. Wirklich gesehen.

Es traf sie wie ein Stromschlag.

Sie war so überrascht, dass sie nichts erwidern konnte.

Ihr Gesicht wurde heiß.

War das… war er…?

Bevor sie sich sortieren konnte, kam, was kommen musste.

Simon.

„Na, da hockt sie wieder – als hässliche Deko auf der Fensterbank."

Simons Stimme war laut und unangenehm genug, dass alle drum herum es hören konnten.

„Oder ist das Kunst? Fensterbank mit Mädchen? Muss man das liken?"

Gelächter.

Ein paar blieben stehen, andere schauten schnell weg.

Die Aufsicht – ein junger Lehrer mit Halbglatze – trat aus dem Türrahmen.

„Simon, weitergehen bitte."

Kein Tadel. Kein Blick zu Lukje.

Simon warf ihr beim Gehen noch einen letzten Satz zu:

„Meinst du, hungern macht dich hübscher?"

Dann war er weg.

Sie blinzelte. Nicht wegen Tränen. Wegen Licht. Ganz sicher wegen Licht.

Lukje starrte auf ihre Knie.

Ihre Lippen zitterten.

Niemand hatte sie gefragt, ob sie okay war.

Niemand hatte irgendetwas zu gesagt.

Nur Jaro – und Simon.

Frau Ellmers stand in der Essensschlange, drei Meter entfernt.

Sie hatte den Vorfall gesehen.

Das Zucken ihrer Mundwinkel verriet, dass sie es bemerkt hatte.

Aber sie war noch im Gespräch mit ihrer Kollegin.

Noch nicht dran.

Lukje rührte sich nicht.

Sein Blick war weder abschätzend, weder wertend noch fordernd. Er hatte sie einfach angesehen - und Lukje fühlte sich für den Moment nicht mehr alleine.

Jaro setzte sich an einen der hinteren Tische.

Er hatte das Tablett halb leer gegessen, den Rest stocherte er nur noch durch.

Sein Kumpel Leo ließ sich neben ihn plumpsen.

„Alter, hast du gesehen, was draußen abging?"

„Was denn?" fragte Jaro.

„Simon. Schon wieder der große Macker. Hat sich die Neue rausgepickt. Die mit den roten Locken, weißt schon."

Leo schnaufte. „War echt unangenehm. Ich mein, ey, der Typ ist nicht ganz dicht."

Jaro schwieg kurz. Dann:

„Eigentlich müsste man das melden."

Leo zuckte die Schultern. „Na, du bist ja an der Quelle. Rede halt mit deiner Mutter."

„Und dann? Vielleicht dreht er dann erst richtig auf."

Leo lehnte sich zurück.

„Wir sollten ihn mal ein bisschen einbremsen."

Jaro sah ihn an.

„Ach so. Ich? Held in der goldenen Ritterrüstung?"

Leo grinste.

„Du hast die Frisur dafür."

Jaro schnaubte – kaum hörbar, aber eindeutig und sah zum Fenster rüber.

Aber Lukje war nicht mehr da.

*
* *

Nach dem Unterricht ging er langsam Richtung Parkplatz.

Seine Mutter stand schon dort, lehnte am Auto, das Handy in der Hand.

„Alles gut?" fragte sie, als er sich anschnallte.

„Klar", murmelte Jaro.

Sie erzählte auf dem Heimweg viel.

Über einen Kollegen, der seine Mails nie liest.

Über die eine Schülerin mit der auffälligen Schrift.

Über ein neues Projekt, das sie „eigentlich ganz spannend" fand.

Jaro sagte wenig.

Oder nur: „Hm", „Okay", „Klingt gut."

Dann, nach einer Weile:

„Da war heute was. Cafeteria."

Sie wurde still.

„Simon?"

Er nickte.

„Ja, Simon. Laut. Abwertend und verletzend. Es ging mal wieder gegen die kleine Berlinerin.

„Ich hab's gesehen", sagte sie. Ich war noch im Gespräch. Es tut mir leid."

Er zuckte mit den Schultern.

„War nicht deine Schuld."

Sie schwieg.

„Meinst du, du kannst rausfinden, ob sie Hilfe will?"
„Vielleicht", sagte Jaro. „Wenn sie mich lässt."

„Du würdest das gut machen."
Er lächelte schwach.
„Ich bin kein Held."
„Nein", sagte sie. „Du bist mein Sohn."

Und das war, in diesem Moment, mehr als genug.

Kapitel 14

„Manche Antworten tun mehr weh als das Schweigen.“

Die Küchentür war nur angelehnt.

Draußen herrschte Stille.

Nur das Summen des Kühlschranks und das Knacken der Holzdielen füllten den Raum.

Sabrina saß am Fenster, ein Glas Wasser in der Hand.

Björn stand an der Spüle und bearbeitete eine Tasse, obwohl sie längst sauber war.

„Du bist spät zurückgekommen“, sagte er, ohne aufzusehen.

Sabrina nickte.

„Es war schwer, sie wieder gehen zu lassen.“

Eine Pause. Kein Vorwurf.

„Also ist es jetzt klar?“

Seine Stimme klang ruhig. Nur leicht angespannt.

Sie nickte wieder.

„Ich glaube, wir wussten es beide. Aber jetzt… ja.“

Björn stellte die Tasse ab, setzte sich ihr gegenüber.

Legte die Hände auf den Tisch, als müsste er sich festhalten.

„Ich habe gedacht, vielleicht wird alles besser. Hier. Zusammen. Als Familie.“

Sabrina lächelte traurig.

„Ich auch.“

Ein Moment verging. Schwer, aber still.

„Es tut mir leid, Björn.“

„Mir auch.“

Er sah sie an. Und sie ihn.

Dann:

„Weißt du, was wirklich wehtut?" Seine Stimme zitterte.

„Dass du ein anderes Leben hattest – und ich zu blind war, es zu merken."

Sabrina zuckte leicht.

„Das war nie gegen dich."

„Nein? Aber du hast mich nie eingeweiht. Uns nie eine echte Chance gegeben."

Sie sah ihn lange an. Dann flüsterte sie:

„Weil in deinem Leben für uns nie Platz war. Du warst der Wochenendvater. Der Held auf Besuch. Ich habe jongliert."

Björn wollte etwas sagen, schloss dann die Augen.

„Das ist nicht fair."

„Nein. Aber es ist wahr."

„Komisch", murmelte er. „Wir waren so oft getrennt. Für und alleine. Man sollte denken, wir kennen das. Aber es fühlt sich trotzdem wie Verlust an."

„Weil es einer ist", flüsterte sie.

„Auch wenn es richtig ist."

„Das Verrückte: Ich bin nicht wütend. Nicht eifersüchtig. Nur traurig."

Sie streckte die Hand über den Tisch. Er legte seine hinein, ohne Zögern.

„Es lag nie daran, dass du nicht genug warst", sagte sie tonlos.

„Du warst genug. Nur… ich bin es nicht mehr. Ich habe mich sehr verändert."

Björn nickte.

„Ich weiß. Wir haben uns beide verändert. Zu lange in getrennten Leben."

„Und trotzdem…" Sie schluckte. „Fühlt es sich an, als würde ich dich im Stich lassen."

„Gehen ist manchmal schwerer als bleiben", sagte er.

„Aber so zu tun, als ob… das wäre schlimmer."

Sabrina nickte.

Tränen liefen leise über ihre Wange.

Dann hob sie den Kopf und sah ihn fragend an: „Lukje…"

„Noch nicht", unterbrach Björn sie.

„Lass uns erst wissen, was wir ihr überhaupt sagen können. Du weißt doch selbst noch nicht, ob du hierbleibst."

„Berlin zieht. Und sie… auch." – Sabrina sprach fast wie zu sich selbst.

„Wir kriegen das hin. Nicht perfekt. Aber ehrlich."

Sabrina lächelte durch die Tränen.

„Ich war nie mutiger als mit dir, weißt du das?"

Björn drückte ihre Hand.

„Und ich habe dich nie so sehr geliebt wie in dem Moment, in dem ich gemerkt habe, dass ich dich loslassen kann."

*
**

Die Haustür öffnete sich leise.

Lukje trat ein, schob die nassen Schuhe beiseite, schloss die Tür vorsichtig.

In der Küche roch es nach Tee. Stimmen – zu ruhig, zu freundlich.

Als sie die Tür öffnete, lächelten beide. Fast synchron.

„Hey, du bist zurück", sagte Björn.

„War's schön draußen?" fragte Sabrina. Ihre Stimme war sanft. Zu sanft.

Lukje nickte.

„Geht so", murmelte sie.

Sie hängte ihre Jacke auf, goss sich Wasser ein, stellte sich ans Fenster.

Niemand sprach.

Und genau das war es, was ihr das Herz zuschnürte:
Nicht der Streit.

Sondern, dass beide versuchten, ihr etwas vorzuspielen.

Und nicht merkten, wie sehr das sie verletzte –
und ängstigte.

Kapitel 15

„Es war nur ein Satz – aber er blieb."

Letzte Stunde. Sonne im Rücken, Frühjahrsblues in den Köpfen.

Herr Bernutz war krank. Ersatz: Frau Ellmers.

„Keine Sorge", sagte sie beim Reinkommen, „ich habe mal einen Erste-Hilfe-Kurs gemacht und halte ein Chemiebuch in der Hand – das muss reichen."

Die Klasse lachte. Selbst Simon.

Seit einer Woche liefen klassenübergreifende Projektstunden.

„Chemie im Alltag" hatte Lukje gewählt, weil sie irgendwas wählen musste.

Dass auch Jaro diesen Kurs hatte, wusste sie nicht.

Bis heute.

Er betrat den Raum als Letzter – und setzte sich neben sie.

Einfach so.

Als wäre es das Natürlichste der Welt.

Die Aufgabe war einfach: Zitronensäure, Backpulver, Farbumschläge.

Aber hier blieb nichts lange einfach.

„Simon, das ist kein Smoothie", sagte Frau Ellmers streng, als er alles in ein Reagenzglas kippte.

„Warum riecht das nach Gummibärchen?"

„Weil du dein Kaugummi reingeschmissen hast, du Honk!"

Es zischte.

Ein Röhrchen qualmte, ein Tropfer verschwand im Waschbecken, jemand kippte Rotkohlsaft auf den Boden.

„STOPP! ALLE LÖFFEL AUS DER HAND!"

Stille. Kurz.
Dann prustete jemand los.
Ein Mädchen lachte laut, dann der nächste – und bald die ganze Klasse.
Sogar Frau Ellmers.
Lukje saß hinten und lachte mit.
Zum ersten Mal seit Wochen.

Jaro neben ihr war ruhig.
Er hatte sich einfach neben sie gesetzt, ohne zu fragen, ohne zu zögern.
Und sie hatte nichts gesagt.
Aber ihr Herz schlug schneller.
„Willst du was sehen?", flüsterte er.
Er hielt ein Stück Lackmuspapier über sein Glas und ließ es mit einem kleinen Schwung hineintauchen.
Es schäumte. Kurz lila, dann orange.
„Keine Ahnung, was das heißt, aber es sieht cool aus."
Lukje grinste.
Seine Nähe machte ihr Gänsehaut – aber sie blieb cool.
„Das heißt, dass du was falsch gemacht hast."
„Perfekt. Passt ja zu mir."
Sie grinste zurück – und für einen Moment flackerte etwas in der Luft.
Leicht. Elektrisch.

Zwei Tische weiter beobachtete Simon sie.
Seine Stimme war laut genug für alle:

„Na, was 'n das da hinten? Liebeslabor für Sonderlinge?"

Ein paar kicherten.

Doch Jaro drehte sich nur um, hob eine Augenbraue.

Kein Wort. Kein Grinsen. Nur dieser Blick. Ruhig. Fest.

Und es reichte.

Simon verstummte.

Zum ersten Mal in diesem Schuljahr.

Und für einen Moment war es wirklich still.

Kapitel 16

„In manchen Sprachen, braucht es keine Worte."

Nach dem Unterricht wartete Jaro an der Tür.
Nicht auf irgendwen. Auf sie.

„Magst du... einen Umweg zur Haltestelle machen? Durch den Hinterhof?"
Lukje nickte.
Sie liefen nebeneinander. Ihre Arme berührten sich fast.
„Wegen Simon… danke", sagte sie leise.
„Ich habe nichts gemacht."
„Eben."
Sie grinste.
Ein Moment des Schweigens.
Kein unangenehmer.
Eher so, als würde zwischen ihnen eine Sprache wachsen, die keine Worte brauchte.
„Du bist mutig", sagte sie.
„Kommt auf den Tag an", antwortete er.

Ein laues Lächeln.
Ein Hauch Mut.
Ein kleines Funkeln.

Dann blieb sie stehen.
„Weißt du… manchmal habe ich das Gefühl, mein Vater verheimlicht mir was."
Jaro sah sie an.
„Was denn?"

„Keine Ahnung. Vielleicht hat er eine andere. Oder vielleicht will er nur nicht, dass ich weiß, wie unglücklich er ist."

Er nickte langsam.

„Manchmal sagt man nichts, weil man selbst noch nicht weiß, was es ist."

Sie schaute kurz zu ihm, als wollte sie etwas erwidern – doch sagte nichts.

Er schob die Hände tiefer in die Jackentasche.

„Ich mochte dein Foto mit dem Stuhl übrigens", sagte er dann.

„Also, … dass an der Haltestelle. Mit dem Hashtag *#LostPlace*. Das war schön."

Stille.

Ein Herzschlag zu lang.

Sie sah ihn an.

„Woher weißt du das?"

Er brauchte zu lange für die Antwort.

„Ich... äh... hab's gesehen. Also... zufällig. Vielleicht."

Er schluckte.

„Blödsinn. Ich weiß es, weil ich's war."

Noch eine Pause.

Dann, leise:

„Ich bin moin.mondkind."

Lukje sagte nichts.

Nicht gleich.

Sie schaute an ihm vorbei, in die Hecke, als gäbe es da etwas sehr Wichtiges zu sehen.

„Okay", sagte sie schließlich.

Nicht erleichtert. Nicht wütend.

Nur vorsichtig.

Wie jemand, der gerade verstanden hat, dass etwas sehr Nahes ganz anders ist, als gedacht.

So also war das.

Keine Chatblase. Kein Schatten auf dem Bildschirm.

Sondern ein Junge, der neben ihr ging – und wusste, wie sich Stille anfühlte.

Sie gingen weiter.

Ein paar Schritte.

Kein Drama. Kein Verrat.

Nur ein kleines Zittern zwischen den Worten.

Dann fragte er:

„Wie kommst du eigentlich zu dem Namen, Lukje?"

Sie zuckte mit den Schultern.

„Friesisch. Kurzform. Alt. Und irgendwie geblieben."

„Gefällt mir", sagte er.

„Klingt wie ein Name, den man nicht vergisst."

Kapitel 17

„Und wenn niemand fragt, bleibt alles unausgesprochen.“

Britta saß noch immer am Tisch. Ihre Hände um das halbvolle Glas, der Blick ruhig, aber wach.

„Also gut“, sagte sie schließlich. „Ich stelle keine Fangfragen mehr. Du redest jetzt einfach. Ohne dass ich dich unterbreche.“

Jaro zögerte. Dann atmete er tief durch.

„Ich find sie einfach … besonders“, sagte er. „Nicht so, wie andere.“

Britta nickte kaum merklich. Sag weiter.

„Sie wirkt oft, als würde sie nicht dazugehören. So, als wäre sie da – aber innerlich nicht wirklich angekommen.“

Er fuhr sich durchs Haar, senkte kurz den Blick.

„Ich glaub, sie fühlt sich allein. Auch wenn sie's nicht zeigt.“

„Und du siehst das.“

„Ich glaub, deshalb kann ich nicht anders, als sie zu mögen.“

Britta lächelte. Kein Grinsen. Kein Kommentar. Nur ein echtes, stilles Lächeln.

„Wir schreiben ab und zu“, fügte Jaro hinzu. „Nichts Krasses. Mal ein Meme. Mal so ein blöder Witz. Ich habe ihr gesagt, dass ich ihre Fotos auf Insta gut find – die, wo sie lacht. Da wirkt sie nicht so traurig.“

Britta musterte ihn einen Moment lang – dann beugte sie sich vor und legte eine Hand auf seine.

„Ich mag, wie du über Menschen sprichst, die dir wichtig sind.“

Jaro zuckte mit den Schultern. „Ich weiß nicht, ob ich ihr wichtig bin."

„Vielleicht. Vielleicht noch nicht. Aber du bist echt. Und das merkt man."

Sie sah ihn an, sanft und wach zugleich.

„Und ich weiß jetzt, warum du beim Abendessen letzte Woche so auffällig oft zum Fenster geschaut hast."

Jaro schnaubte.

„Ist okay", sagte sie. „Ich halt mich raus."

Er grinste. „Bis du irgendwann vor der Schule mit dem Fernglas aufkreuzt."

„Nur wenn ich vorher … ach, vergiss es."

Sie lachten beide.

Dann sagte Britta leise:

„Danke, dass du's mir gesagt hast."

Jaro nickte. „Ich wusste ja, dass du's gut meinst."

Pause.

„Aber bitte … mach kein Drama draus."

„Ich?"

Sie tat empört.

„Ich bin der Inbegriff von diskret."

Er zog eine Augenbraue hoch.

„Okay, fein – manchmal bin ich auch neugierig. Aber ich bin auch deine Mutter. Und ehrlich gesagt … ich mag sie. Die Kleine. Auch wenn ich sie kaum kenne."

Er sah sie an. Etwas in ihm wurde weicher.

„Ich find's schön, dass du das sagst."

„Und ich find's schön, dass du so bist, wie du bist."

Sie standen beide fast gleichzeitig auf.

Nicht weil das Gespräch vorbei war – sondern weil es angekommen war, wo es hinmusste.

Kapitel 18

„Und manchmal hilft nicht mal der Sternenhimmel.“

Jaro lag auf dem Rücken, die Arme unter dem Kopf verschränkt.

Das Deckenlicht war aus, nur das schwache Leuchten seines Handys fiel auf seine Decke.

Der Chat mit Lukje war geöffnet.

Seit zehn Minuten hatte er nichts getippt.

Seit zwanzig hatte er es versucht.

Seine Mutter hatte ihm das Abendessen hingestellt, wortlos –

nur mit diesem Blick:

Wir reden da noch drüber.

Er hatte genickt.

Zwei Löffel Suppe gegessen.

Dann war er verschwunden.

Jetzt lag er hier –

mit einem Knoten im Bauch.

Schlechtem Gewissen.

Wut.

Und diesem Gefühl, dass man zu viel weiß –

aber nichts sagen darf.

Britta Ellmers. Seine Mutter, die Vertrauenslehrerin.

Die manchmal vergaß, dass er nicht ihr Kollege war.

Nicht ihr Freund.

Sondern ihr Sohn.

„Er hat's mir gesagt", hatte sie zwischen Gemüseschälen und Besteckklappern gesagt.

„Dass sie sich trennen. Sie haben's versucht, aber es geht nicht mehr."

Und dann hatte sie es ihm erzählt. Alles.

Weil sie glaubte, er müsste es wissen.

Weil sie wollte, dass er da ist, wenn Lukje fällt.

Und jetzt?

Jetzt hoffte Jaro mit jeder Faser,
dass ihre Eltern bald mit ihr sprechen würden.

Dass sie es nicht von ihm erfährt.

Dass sie ihn nicht hasst.

Wenn es rauskommt, dass er das alles schon wusste.

Jaro hatte versprochen, nichts zu sagen.

Versprochen.

Nicht als Mitschüler.

Nicht als Freund.

Als Sohn.

Er tippte:

„Du."

Löschen.

„Ich muss dir was sagen."

Löschen.

„Wenn du morgen nicht mit mir redest, versteh ich's."

Löschen. Löschen. Löschen.

Er starrte an die Decke.

Der leuchtende Sternenhimmel war noch da.

Seine Mutter hatte ihn ihm als Kind aufgeklebt.

„Für schlechte Nächte. Falls der echte Himmel mal streikt."

Jetzt streikte er.

„Milchstraße", murmelte er,

„bitte umdrehen."
Die Sterne antworteten nicht.
Er drehte sich auf die andere Seite.
Nicht bequemer. Nur hilflos anders.

Dann tippte er auf *Instagram:*

moin.mondkind:
Gute Nacht.
…

Und ließ das Handy neben sich liegen. Wie ein Geheimnis, das langsam zu schwer wurde.

Kapitel 19

„Wer liebt, riskiert verletzt zu werden."

Es war kühl an diesem Morgen. Noch nicht kalt – aber die Art von Luft, die einem das Gefühl gibt, dass etwas bevorsteht.

Lukje kam zu spät. Nicht viel. Nur so viel, dass es auffiel. Als sie um die Ecke bog, stand er schon da und wartete auf sie. Jaro. An der Mauer vor dem Schulhof. Hände in den Taschen, die Kapuze halb über den Kopf gezogen. Er sah auf, als sie kam. Und lächelte.

Sie stockte. Nur einen Moment. Dann ging sie weiter.

„Hey", sagte er leise. Nicht gespielt, nicht neugierig. Eher wie jemand, der fragt, ob man noch steht.

Lukje nickte schüchtern. „Hey." Ein kurzer Blick. Dann sah sie weg.

„Du siehst müde aus." Pause. „Oder traurig."

Lukje zuckte die Schultern. „Geht schon."

Er schwieg. Einen Moment. Dann: „Ich wollte dich nur sehen. Vor dem Unterricht. Ich dachte… keine Ahnung. Dass das vielleicht gut wäre."

Nun huschte auch über Lukjes Gesicht ein zaghaftes Lächeln. „Ist es ja auch."

Ein Moment hing zwischen ihnen. Sanft. Schwer. Schön.

„Willst du drüber reden?", fragte er schließlich.

Sie schüttelte den Kopf. Langsam. Nicht ablehnend. Nur … zu voll.

„Ich kann noch nicht", flüsterte sie.

Er nickte sofort. Nicht verletzt. Nicht drängend. Nur da.

„Wenn ich's dir sage", murmelte sie, „dann ist es wahr. Und dann muss ich weinen. Hier. Vor der Schule. Und dann hör ich so schnell nicht wieder auf."

Einen Moment lang war nur das Atmen zu hören.

Ihr Blick senkte sich. Dann hob sie langsam den Arm – ganz vorsichtig – und legte ihren Zeigefinger an seine Brust, direkt über dem Reißverschluss seiner Jacke. Nur ganz leicht. Nicht fest. Nur da.

Jaro sah sie an. Dann schloss er ruhig die Hand um ihren Finger, hielt ihn sanft und strich mit dem Daumen über ihre Haut. Einmal. Dann nochmal. Keine Worte. Nur das.

Dann sagte er: „Ich bin hier. Bei dir."

Kapitel 20

„Manchmal reicht ein Satz – und die Fassade löst sich in Staub auf."

Die Sonne brannte auf ihrer Stirn. Lukje stand wie immer am Rand, den Rucksack nur halb über die Schulter geworfen. Jaro war da, ein paar Meter entfernt – sie hatte ihn gesehen, bevor sie den Blick gesenkt hatte. Er hatte ihr zugegrinst und redete jetzt weiter mit seinen Jungs.

Dann Simons Stimme. Laut. Schneidend. Nicht spielerisch. Nicht provozierend. Eiskalt.

„Der Hansen war wohl selbst bei der Psychotante, was? Total am Ende – Tochter durchgeknallt, Ehefrau steht auf Frauen… klar, dass der Mann langsam Hilfe braucht."

Ein paar lachten. Nicht alle. Manche zogen die Köpfe ein, andere grinsten trotzdem. Es war das Lachen, das kommt, wenn keiner weiß, wie man es richtig macht.

Simon baute sich vor ihr auf. Die letzten Worte spuckte er ihr fast ins Gesicht.

Jaro hatte es gehört. Er reagierte sofort – ging einen Schritt auf Simon zu, wollte dazwischen. Aber seine Freunde hielten ihn zurück. Zwei Hände griffen nach seinen Armen, einer sagte: „Lass. Der ist es nicht wert."

Und so konnte auch er nur noch zusehen. Geschockt. Machtlos.

Lukje wurde leichenblass. Alles in ihr zog sich zusammen. Die Gefühle überschlugen sich: Scham. Schmerz. Ohnmacht. Aber am Ende – siegte die Wut. Eine überschwellende, unvorstellbare Wut. Und ein einziges, klares NEIN, das sich entladen musste.

Ihr Herz schlug zu schnell. Die Haut an ihren Schläfen kribbelte. Ein letzter Gedanke – dann kam das NEIN.

Ein Schlag. Hart. Direkt. Unaufhaltsam.

Ihre Faust traf Simon mitten im Gesicht.

Ein Knacken.

Dann: Blut.

Er taumelte.

Keuchte.

Hielt sich die Nase.

Jemand rief: „Ey!", ein Mädchen riss ihr Handy hoch.

Ein Lehrer rannte los.

Die anderen wichen zurück.

Dann: Aufschrei.

Panik bei einigen der Jüngeren. Ein leises Wimmern. Filmen fürs Internet.

Hände vor dem Mund. Ungläubige Blicke. Erschrockene Schritte.

Ein paar kichern – nervös. Andere starren sie an, als hätte sie gerade ein Tier geschlachtet.

Simon stemmte sich hoch. Wischte das Blut mit dem Ärmel weg. Sein Blick war voller Hass.

Er wollte zurückschlagen. Man sah es in seinen Augen. Aber ein anderer Schüler packte ihn am Arm. Noch einer schob sich dazwischen. „Lass, Mann, du blutest!"

Simon spuckte auf den Boden.

„Du Freak", keuchte er.

„Jetzt sieht wenigstens jeder, was ich meine. Du bist doch gemeingefährlich! Aus welchem Berliner Slum kommst du eigentlich? Kein Wunder, wenn's da Sicherheitspersonal in den Schulen gibt."

Lukje hörte nichts mehr davon. Nicht richtig.

In ihren Ohren rauschte es. Alles um sie herum war gedämpft, wie unter Wasser. Bewegungen, Stimmen, Blicke – sie nahm sie nur noch am Rand wahr. Ihr Körper fühlte sich fremd an. Ihre Faust pochte.

Sie dachte nur eins: Es ist aus.

Ganz langsam drehte sie sich um. Nicht ruckartig. Nicht dramatisch. Wie in Trance. Und ging.

Sie wusste nicht, wohin. Sie wusste nur: Weg.

Ihre Mutter hatte eine Geliebte. Wie lange schon? Warum hatte sie das nicht gemerkt? War sie ihr begegnet? Hat sie sie etwa gesehen – ohne zu wissen, wer sie war?

Aber warum will ihre Mutter dann zurück nach Berlin? Warum? Und ich? Will ich selbst überhaupt noch zurück?

Bis vor ein paar Tagen hätte sie laut Ja gerufen. Wäre voller Hoffnung gewesen. Zurück in ihre Stadt. Ihr Leben.

Aber jetzt?

Jaro.

Ihr liefen die Tränen übers Gesicht, ohne dass sie es merkte.

Jaro.

Sie würde nie wieder in diese Schule gehen können. Sie schämte sich zu sehr. Sie würde ihm nicht mehr unter die Augen treten können. Sie war ein Freak. Eine tickende Zeitbombe. Und niemand würde je wieder etwas mit ihr

zu tun haben wollen. Auch Jaro nicht. Warum also nicht
zurückgehen. Aber in ihrem Inneren fühlte sich das alles
nur falsch an.

Kapitel 21

„Ein Gedanke zwischen zwei Atemzügen.“

Jaro hatte alles gesehen.
Und nicht eingegriffen.
Es war viel zu schnell gegangen.
Er hatte direkt danebengestanden, als Simon sie
provozierte.
Er hatte gespürt, wie sich die Luft zwischen ihnen auflud.
Verdammt noch mal.
Er hätte auf sein Bauchgefühl hören müssen.
Warum war er nicht an ihrer Seite gewesen?
Er war doch da.
Als sie zuschlug, war es zu spät.
Und dann war sie gegangen.

Ohne ihn.
Ohne Blick.
Ohne Geste.

Und etwas in ihm war stehen geblieben.
Die letzten Stunden bis Schulschluss war Lukje das
Gesprächsthema gewesen.
Das Video vom Schulhof machte bereits unter den
Schülern die Runde – außerdem auf Sozial Media.

Lachen auf dem Flur, geflüsterte Kommentare, gezückte
Handys.
Ein paar riefen „Boah, die hat echt zugeschlagen!“ beim
Vorbeigehen.

Jaro flüchtete aufs Klo.

Er stand am Waschbecken, ließ kaltes Wasser über sein Gesicht laufen.

Es war still.

Nur manchmal hörte man Schritte auf dem Flur.

Die anderen waren im Unterricht.

Nur er nicht.

Er starrte in den Spiegel.

Das Licht war grell.

Das Gesicht darunter zu ernst für diesen Raum.

Lukje.

Die, die sonst alles runterschluckte.

Hatte zugeschlagen.

Und ihn – einfach ignoriert.

Er schloss die Augen.

„Du Vollidiot", murmelte er.

Nicht mal wütend.

Nur… enttäuscht.

Zurück in den Unterricht konnte er nicht.

Er musste mit seiner Mutter reden.

Er musste etwas tun.

Lukje helfen.

Sein Handy vibrierte. Ein leises Geräusch.

Lukje? dachte er.

Sein Herz machte einen Hüpfer.

Ja – es war Lukje.

Aber nicht persönlich.

Auch bei ihm war es jetzt gelandet.

Das Video von Lukjes Wutausbruch.

Ein Link. Kein Kommentar.

Er sah es sich an.

Einmal. Dann wieder.

Nicht der Schlag war es, der ihn traf.
Nicht das Knacken. Nicht das Blut.

Es war ihr Gesicht.
Der Ausdruck darin.
Verzweiflung. Schmerz.
Ein stummer Schrei in ihren Augen.

Er konnte kaum hinsehen. Und doch tat er es.

Hoffentlich hat Mum schon Schluss, dachte er.
Hoffentlich ist sie in ihrem Büro.

*
**

Er klopfte. Niemand reagierte.
Er öffnete die Tür.

Er hatte Glück.

Seine Mutter war da, aber nicht allein.
Ein paar Lehrer. Ernste Gesichter. Diskussionen.

Britta sah ihn – und sofort zog sich etwas in ihr
zusammen.
Sie stand auf, zog wortlos den Autoschlüssel aus ihrer
Tasche,
entschuldigte sich bei den anderen
und schob Jaro zurück auf den Schulflur.

Dort, unter der grellen Neonbeleuchtung, umarmte sie
ihn kurz.
Ein fester Druck, liebevoller Halt. Keine Worte.
Dann legte sie ihm den Schlüssel in die Hand.

„Bitte hole deine und Lukjes Sachen. Ich sage in euren
Klassen Bescheid und entschuldige dich im Unterricht.
Geh schonmal zum Wagen. Das dauert hier noch einen
Moment. Ich komme so schnell wie es geht. "

Jaro nickte nur.
„Danke", flüsterte er.

Dann ging er los.
Zu den Klassenräumen.
Um die Sachen zu holen.

Kapitel 22

„Die böse Welt muss draußen bleiben."

Lukje legte die letzten Meter nach Hause beinahe fluchtartig zurück. Sie lief, den Kopf gesenkt, die Schultern angespannt, als könnte jede Begegnung auf der Straße ihr wehtun.

Als sie das Haus erreichte, stürmte sie hinein, knallte die Tür zu – und schloss ab. Mit Nachdruck. Mit beiden Händen. Einmal, zweimal, dreimal drehte sie den Schlüssel. Die böse Welt muss draußen bleiben.

Für einen Moment blieb sie stehen. Die Stirn gegen das Holz gelehnt, den Atem flach, die Beine zittrig.

Niemand war da. Natürlich nicht.

Die Stille war dumpf. Nicht beruhigend. Nur leer.

Nur ihr Rucksack hing ihr noch über der Schulter. Die Jacke, ihre Schultasche – alles lag noch in der Schule. Sie hatte einfach nicht daran gedacht. Wollte nur noch weg.

Sie streifte den Rucksack ab, ließ ihn achtlos fallen. Wenigstens den hatte sie. Den hatte sie immer dabei. Darin ihr Leben – alles, was sie bei sich brauchte: Notizbuch. Zeichenblock. Stifte. Ladegerät. Kopfhörer. Ihr Handy.

Sie lief in die Küche, öffnete den Kühlschrank, schloss ihn wieder. Riss eine Schublade auf. Schob sie wieder zu.

Wieder ins Wohnzimmer. Zurück in den Flur. Kein Ziel.
Nur Bewegung.

Die Unruhe in ihr war wie Strom. Alles kribbelte. Alles
war zu viel. Sie fühlte sich wie ein eingesperrtes Tier.

Ihr Blick streifte die Rotweinflasche vom Vorabend.
Fast unangetastet. Einmal probiert. Sauer. Nie wieder
Wein.

Dann vibrierte ihr Handy. Ein Ton. Ein kurzes
Aufleuchten. Jaro?

Sie griff hastig danach – Hoffnung, Schmerz,
Sehnsucht. Aber es war nur ein Video-Link.

Und eine Nachricht, von Frau Ellmers:

b.ell
Liebe Lukje, bist du zu Hause? Keine Angst, ich möchte
nur kurz deine Sachen vorbeibringen und sehen, wie es
dir geht. Alles andere klären wir dann morgen in der
Schule. – Frau Ellmers
…

Panik. Sie konnte jetzt nicht. Sie wollte nicht. Sie
würde nicht aufmachen. Auf gar keinen Fall.

Dann klickte sie auf den Link. Und bereute es sofort.
Man hatte sie gefilmt. Den Freak in Aktion.

Tränen schossen ihr in die Augen. Ihr Hals war wie
zugeschnürt. Sie verpasste den Moment, in dem aus
innerer Unruhe echte Verzweiflung wurde.

Jaro. Sie vermisste ihn so. Sie hätte ihn jetzt gebraucht. Nur eine Nachricht. Nur eine Stimme.

Aber sie traute sich nicht. Er hatte sie gesehen. So wie alle. Und sie war… ein Freak.

Sie suchte in der Küche nach irgendetwas, das ihr jetzt helfen könnte. Etwas Süßes. Etwas, das half. Etwas, das tröstete.

Sie fand nichts. Kein Keks, keine Schokolade. Dann fiel ihr Blick auf die Flasche in der hinteren Ecke des Küchenschranks.

Eierlikör. Nicht der gute, selbstgemachte von Oma, den es immer zu Weihnachten gab – aber: *süß*. Und: vertraut.

Sie nahm ihr Handy. Hob den Rucksack auf. Griff sich die Flasche. Und zog mit einem energischen Ruck die Zimmertür hinter sich zu.

Wer auch immer noch kommen wollte – Pech gehabt.

Draußen vor der Haustür standen Frau Ellmers und Jaro. Niemand öffnete. Nicht auf das Klingeln. Nicht auf das Klopfen.

Jaro hatte es befürchtet.

Sie warteten noch einen Moment. Dann stellte er vorsichtig den Rucksack und die Jacke auf die Stufe. Frau Ellmers schrieb einen kurzen Zettel. Sie warf ihn in den Briefkasten.

Dann legte sie den Arm um die Schultern ihres Sohnes. „Komm", sagte sie leise. „Das hat keinen Sinn. Sie braucht ihre Ruhe."

Sie gingen zurück zum Auto.

Kapitel 23

„Manchmal beginnt etwas Neues dort, wo man zur Strafe landet.“

Lukje wollte nie wieder in die Schule gehen.
Aber das hatte Sabrina nicht zugelassen.

Als sie am Abend nach Hause gekommen war, hatte Lukje geschlafen – und sie hatte sie schlafen lassen.
Die leere Flasche Eierlikör unter der Decke hatte sie nicht bemerkt.
Den Zettel im Briefkasten und die Nachricht von Frau Ellmers auf dem Handy jedoch schon.

So hatten die beiden Frauen noch lange telefoniert.
Frau Ellmers war ruhig, beinahe beschwichtigend.
Sabrina hingegen war völlig konsterniert, fassungslos.
Das war nicht ihre Tochter – nicht so, wie sie sie kannte.

Dass ausgerechnet heute Björn nicht da war,
wo er sonst jetzt immer da war …
Selbst dann, wenn sie sich manchmal mehr Luft gewünscht hätte,
schien ihr das bezeichnend.
Für alles.
Für ihr Leben.
Für ihre Ehe.

*
**

Sie musste Lukje am Morgen mehrmals aufwecken.
Das Kind war völlig am Ende gewesen und hatte mit

heißen Tränen darum gebeten, nicht in die Schule zu müssen.

Sie könne das nicht, hatte sie gesagt.
So hatte Sabrina Lukje ewig nicht mehr gesehen.
Hatte sie ihr Kind überhaupt schon einmal so erlebt?

Trotzdem blieb Sabrina hart.
Sie machte ihr ein Frühstück, das Lukje kaum anrührte,
und kämmte ihr die Haare – wie früher, als sie noch klein war.
Doch Lukje konnte dieses Gefühl von Bemutterung nicht annehmen.
Sie fühlte sich von Sabrina verraten und verkauft. Nicht einmal ihre Mutter hielt zu ihr und verstand, warum sie nicht in die Schule gehen konnte. Auf gar keinen Fall.

Es nützte nichts. Sabrina fuhr sie zur Schule.
Gemeinsam gingen sie zum Direktor.
Zum Glück waren sie kurz nach Schulbeginn einbestellt worden,
so dass die meisten Schüler schon in ihren Klassen waren.
Mit aufgesetzter Kapuze schlich Lukje neben ihrer Mutter durch die Flure.
„Wir dulden keine Gewalt an unserer Schule."
Die Stimme des Rektors hallte noch in ihrem Kopf,
selbst als sie längst wieder draußen auf dem Flur stand und ihre Mutter sich verabschiedet hatte.
Die Konsequenzen sahen folgendermaßen aus:
Eine schriftliche Verwarnung.

Sechs Wochen Sozialstunden – mehrmals pro Woche, jeweils nach dem Unterricht.

Ein verpflichtendes Gespräch bei Frau Ellmers.

Eine Anmeldung beim schulpsychiatrischen Dienst.

Die Eltern erhalten eine E-Mail. Heute noch.

Lukje hatte genickt.

Nicht widersprochen.

Nicht verteidigt.

Sie war müde.

Und dann sah sie Fenja.

Fenja saß auf der Bank neben dem Lehrerzimmer.

Kaugummi. Bunter Pulli. Zopf im Nacken.

Die Beine locker übergeschlagen.

Sie sah auf.

„Du bist also die Neue in unserer Sozialdienst-AG."

Lukje hob eine Augenbraue.

„Ist das sowas wie ein Club für gescheiterte Existenzen?"

Fenja grinste.

„Quasi. Nur mit Lappen, Eimer und der Hoffnung, dass keiner fotografiert."

Sie stand auf, reichte ihr die Hand.

„Fenja. Ehrenamtliche Schülerversöhnerin. Ich habe dich schon erwartet."

Lukje schlug ein. Zögerlich. Aber sie tat es.

„Ich bin Lukje."

„Weiß ich. Du bist auf TikTok. In verschiedenen Versionen. Von allen Seiten. Aber hey, wir haben alle mal peinliche Auftritte."

Lukje verdrehte die Augen.

Fenja grinste weiter, als hätte sie das als Erfolg verbucht.

„Heute ist die Bio-Sammlung dran. Spinnenweben und Essigduft inklusive. Ich zeig dir gleich die Abstellkammer, in der wir uns verstecken können, wenn Frau Ohlhoff mit dem Aufsichtsplan winkt."

„Du machst das freiwillig?" fragte Lukje.

„Yep. Sozialpunkte für meine Seele. Außerdem nervt mich mein Bruder daheim. Und hier gibt's immerhin Waschbecken mit warmem Wasser."

Lukje schnaubte leise. Es klang fast wie ein Lachen.

„Nur zur Info", fuhr Fenja fort, „manchmal sortieren wir alte Glasscheiben oder zählen Pipetten. Alles superpädagogisch. Letzte Woche durfte ich im Lehrerzimmer aufräumen, während die Lehrer Kaffee tranken."

„Und?"

„Ergebnis: immer zu viel Zucker, nie ein Lächeln, die meisten können sich gegenseitig nicht leiden."

Sie gingen gemeinsam den Gang entlang.

Ein Stockwerk tiefer.

Eine Spur Hoffnung tiefer.

Die ganze Zeit über hatte sie den albernen Gedanken im Kopf:

„Hoffentlich hört niemand, wie die leere Eierlikörflasche in ihrem Rucksack klappert."

Kapitel 24

„Wer Freunde hat – kann auf Auftragskiller verzichten.“

Jaro war gerade dabei, seinem Cousin Finn eine Nachricht zu schreiben, weil der mal wieder nicht ans Handy ging, als sein eigenes vibrierte. Er zögerte, dann ging er ran.

„Hey. Äh… Fenja?“

„Jaro, hallo - ich gebe dir den Finn gleich. Aber vorher… du weißt schon, dass deine Lukje voll das Straflager bei mir aufgebrummt gekriegt hat, oder?“

Jaro sagte nichts. Fenja plapperte weiter.

„Also ganz ehrlich: Sie ist echt okay. Ziemlich hübsch auch. Kein Wunder, dass du auf sie stehst.“
Man hörte das Grinsen durchs Telefon.

Jaro verdrehte die Augen. „Kannst du mir einfach sagen, wer da jetzt alles mit euch Dienst schiebt? Leo kenn ich – aber wer sind die anderen?“

„Mira. Die will in den Sanitätsdienst. Ist eher so die ruhige Sorte, hat immer Taschentücher dabei, du weißt schon. Tariq – den solltest du eigentlich kennen. Ist euer Jahrgang, aber wohl nicht in deiner Klasse.“

„Tariq?“ Jaro klang ehrlich ratlos.

„Vielleicht kennst du ihn eher unter seinem Gangsternamen: T-Rex.“

„Waaas?! Der ist Tariq?"

Jetzt lachte Jaro. „Ich dachte immer, das wäre so ein stiller Kampfsporttyp mit geheimem Messer unterm Hoodie!"

„Nee. Der hat mal einen Dino gezeichnet, der aussah wie ein Döner. Seitdem: T-Rex."

Jaro grinste. „Okay. Das ist hart. Aber auch geil."

„Also, Leo, Mira, Tariq, Lukje und ich – wir sind die Putzkolonne mit Herz."

„Und Simon? Warum ist der nicht bei euch dabei? Dem brennt doch wohl die Glatze. Was der da abgezogen hat, das geht doch gar nicht."

Einen Moment lang sagte Fenja nichts. Dann – trocken wie eine offene Packung Reiswaffeln:

„Wolltest du nicht einen Auftragskiller auf ihn ansetzen? Denn das ist der Moment, in dem du das nochmal überdenken solltest."

„Kein Witz jetzt. Warum hat der nix abbekommen?"

„Weil er clever ist. Und die Schule konfliktscheu. Simon hat die bessere Ausgangslage: gute Noten, brave Akte, alte Familie. Der ist durchgerutscht, bevor jemand richtig reagieren konnte."

„Das ist doch unfair."

„Klar ist das unfair. Aber weißt du, was noch schlimmer ist? Wenn du dich beschwerst, bist du ‚ne

Petze. Wenn du schlägst, bist du die Täterin. Und wenn du schweigst, bleibt dir schlecht im Bauch."

„Also kriegt er gar nichts?"

„Nicht offiziell."

Fenjas Stimme wurde leiser.

„Vergiss den Auftragskiller. Der ist durch. Sozial verbrannt. Und hier... hier vergessen sie das nicht."

„Weiß Lukje das?"

„Dass er tief fällt? Vielleicht.
Dass er's verdient hat? Ganz sicher."

„Danke, Fenja."

„Schon gut. Ich mag sie. Und du scheinbar auch. Aber gib dir Mühe, okay? Keine Heldennummern. Die braucht keinen Ritter. Die braucht echte Freunde."

„Verstanden."

„Und bitte, tu mir den Gefallen und sage Finn, er soll endlich duschen. Der stinkt wie der Bio-Raum."

„Bin ich euer Hygienebeauftragter?

Hallo? Fenja? Du wolltest mir Finn geben? Fenja?"
Aufgelegt.

Kapitel 25

„Zwischen Gabelklang und Schweigen liegt das, was fehlt."

Sabrina hatte gekocht.

Björn hatte den Tisch gedeckt.

Sie hatten sich bemüht – mehr als sonst.

Lukje saß zwischen ihnen, den Blick auf ihren Teller gesenkt.

Die Nudeln rochen nach nichts. Oder sie roch nichts mehr.

„Wie war's heute?" fragte Sabrina.

„Geht so."

Björn räusperte sich. „Fenja war doch dabei, oder?"

„Hm."

„Was musstet ihr machen?"

Sabrinas Stimme klang zu hell, ein bisschen zu fröhlich.

„Bio-Sammlung", murmelte Lukje.

„Oh. Klingt… äh… interessant?"

„War's nicht."

Stille.

Björn füllte still sein Glas nach. Wasser. Kein Wein.

Ein Zeichen, das Lukje bemerkte, ohne es bewerten zu wollen.

„Wer ist noch dabei?" fragte er ruhig.

„Leo. Tariq. Mira."

„Sagen mir nichts."

„Mir auch noch nicht."

„Sind die nett zu dir?"

Björn versuchte's noch mal.

„Tariq ist okay", murmelte Lukje.

Dann: „Fenja hat einen Eimer auf den Kopf gekriegt. War aber nicht schlimm."

Sabrina lächelte schmal. „Das klingt, als wäre es zumindest nicht total schrecklich gewesen."
Lukje sagte nichts.
Eine Weile klapperten nur Gabeln.
Das Licht über dem Tisch summte leise.
„Möchtest du darüber reden?" fragte Sabrina leise.
„Nicht heute."
Björn nickte, als hätte er das erwartet.
Er stand auf, holte Saft. Reichte ihn schweigend.
„Ich bin froh, dass du hingegangen bist", sagte Sabrina

„Ich nicht."

„Aber du hast's geschafft."

Lukje sah sie kurz an. Ihre Augen glänzten.
Dann senkte sie den Blick wieder.

„Ich geh hoch", sagte sie.
„Gute Nacht, mein Spatz", murmelte Björn.
„Schlaf gut", flüsterte Sabrina.

Kein Kuss. Keine Umarmung.
Nur Abstand in warmen Stimmen.

Kapitel 26

„Ein Herz kann stolpern – und trotzdem tanzen."

Oben.

Lukje lag auf dem Bett, das Handy in der Hand, das Gesicht halb im Kissen vergraben.
Elif hatte wieder geschrieben.
Natürlich.
Treu wie ein Herz auf zwei Beinen.

Whats-App: BerlinBabes

Elif:
Heute wieder krasse Biolehrerin. Wenn die nochmal *Diese Pflanze lebt!* sagt, schick ich sie in Urlaub.
Dazu ein [Meme] mit einer weinenden Sonnenblume.
…

Lukje:
Bin platt. Alles komisch. Ich melde mich morgen, ok? <3
…

Sie legte das Handy weg.
Zu schwer gerade.
Zu viel in ihr drin.

Dann stand sie auf, leise.
In der Küche war es inzwischen dunkel.

Sie öffnete den Schrank für „alle Fälle" – da, wo die Erwachsenen das Besuchszeug aufbewahrten.

Ganz hinten: eine kleine Flasche Kirsch-Marzipan-Likör.

Sie goss ein bisschen davon in ihre Trinkflasche.
Verdünnte mit Apfelsaft.
Süß. Warm.
Fast zu süß. Aber auch irgendwie... tröstlich.

Zurück im Zimmer.
Sie setzte sich. Trank langsam.
Nur ein bisschen.

Dann:
Jaro. Online.

Ihr Herz machte diesen Doppelschlag.
Ein Stolpern vor Schreck – und ein Hüpfer vor Hoffnung.

Sie tippte:

luke030
Hey
...

Fast hätte sie's wieder gelöscht.
Aber zu spät.
Abgeschickt.

Sie starrte auf das Display, hielt unwillkürlich den
Atem an.

Dann kam es:

moin.mondkind
Hey du.
…

Es war nichts – und gleichzeitig alles.
Lukje schluckte. Ihre Augen brannten.
Wie sehr sie das vermisst hatte. Ihn. Seine Art zu
schreiben. Einfach…, dass er da war.

moin.mondkind
War dein Tag okay?
Wie sind die Leute in deiner Sklavengruppe? :D
…

luke030
Nicht so schlimm wie befürchtet. Wir müssen die Bio-
Sammlung schrubben. Tariq, Mira, Leo, Fenja…
Na ja, Fenja hat einen Eimer auf den Kopf gekriegt."
…

moin.mondkind
Absicht?
…

luke030
Zufall. Und Schade, ich hatte kein Handy griffbereit.
…

moin.mondkind
Fenja halte Dir warm. Die würde mir auch 'nen Eimer
verpassen, wenn ich Mist baue.
…

luke030
Du bist nie Mist.

…

Moin.mondkind
Das ist lieb.

…

luke030
Ich vermiss dich.

…

moin.mondkind
Ich dich auch.

…

luke030
Sehen wir uns morgen?

…

moin.mondkind
Natürlich.

…

Lukje ging es besser. Viel besser.
Sie trank den Rest aus ihrer Flasche aus und ging ins Bad, um frisches Wasser zu holen.
Hui – Drehwurm. Mehr als ein bisschen, merkte sie den Likör. Sie kicherte.

Zurück in ihrem Zimmer, las sie den Chat nochmal. Und nochmal.

Ein Kribbeln durchzog ihren ganzen Körper.
Sie machte die Lichterkette an ihrem Bett an, löschte das große Licht.
Nur noch Musik auf die Ohren –
und dann rollte sie sich mit einem Lächeln in ihr Bett wie ein Kätzchen.

Alles wird gut.

Kapitel 27

„Der traurigste #LostPlace wohnt in dir selbst."

Der Nachmittag war weich.
Ein Frühlingstag, der noch nicht nach Sommer roch – aber
das Versprechen lag schon in der Luft.
Lukje fuhr langsam mit dem Rad nach Hause. Kein
Grund zur Eile.

Ihr Fahrrad knarrte leise bei jeder Kurve.
Die Siedlung wirkte verändert.
Vor ein paar Wochen war hier noch nichts gewesen –
leere Fenster, verschlossene Türen, Baustellengeruch.

Jetzt: Licht in den Häusern.
Ein Kinderwagen vor der Nummer 42.
Irgendwo lief ein Fernseher zu laut.
Ein Nachbar stellte Topfpflanzen auf die Treppe.

Pflanzen!
Zwischen Waschbeton und Gitter plötzlich Leben.
Sie lachte leise. Fast trotzig.

An der Haltestelle hielt sie an.
Der Stuhl war weg.
Dafür stand da jetzt eine echte Bank.
Gusseisen, Holzlatten, neu. Verlässlich.

Sie setzte sich.
Zog das Handy aus der Tasche.
Öffnete den Chat mit Fenja.

Instagram

lukje030
Die Siedlung lebt.

...

Fenja_Peace
Was?! Du meinst... Zombies?! :D

...

lukje030
Noch nicht. Aber zwei Blumenkästen und ein Flugdrachen.

...

Fenja_Peace
Das ist verdächtig. Halte Ausschau nach Gartenzwergen.

...

lukje030
Die sind das Endstadium.

...

Fenja_Peace
Fenja schickte ein [Foto] Ein Bild aus ihrem Fenster, in dem man einen orangefarbenen Himmel sah und den Schatten einer Katze auf dem Fensterbrett.

...

Ich finde gut, dass du was machst. Rausgehen. Lost Places retten.

...

lukje030

„Einer muss es ja tun."

…

Sie lächelte.
Echt. Ein kleines Lächeln. Aber ehrlich.

Die Haltestelle war kein *#LostPlace* mehr.
Aber vielleicht war das okay.
Vielleicht durfte sich auch etwas verändern, ohne zu verschwinden.

Sie dachte an das letzte Gespräch mit ihrem Vater und musste wieder lächeln.
Trotz Scham und Tränen hatte es gutgetan.

Alles.

Selbst seine Standpauke.

Auch mit ihrer Mutter hatte sie gesprochen.
Sabrinas Standpauke war kürzer gewesen, beinahe routiniert.
Lukje konnte nicht wirklich mit ihr reden. Noch immer war sie zu verletzt.
Wann bitte will ihre Mutter ihr von ihrer „Freundin" erzählen?
Wie ist der Stand bei ihren Eltern? Sind sie getrennt?
Werden sie sich trennen? Anscheinend ja.

Lukje bemerkte den größer werdenden Abstand zwischen ihren Eltern täglich: Sie waren nett miteinander.
Nett und respektvoll – aber etwas fehlte.

Sie neckten sich nicht mehr, berührten sich nicht im
Vorbeigehen, umarmten und küssten sich nicht.
Wieso hatte sie das so lange nicht bemerkt? Wann hatte
das aufgehört?

Fühlte es sich deshalb zu Hause so kühl an?

War es gar nicht der Umzug, nicht das neue Zuhause,
die neue Stadt?

Zuhause ist da, wo dein Herz ist. Peinlicher Kalenderspruch.
Aber er stimmte.

Während sie an der Haltestelle Selfies machte und
Fotos von der Bank, dachte sie an Jaro.
Und an Fenja. Und die herrlich verrückte Sklavengruppe.

Was würde Lukje nur ohne sie alle machen?
Dreimal die Woche trafen sie sich nach dem Unterricht.
Lukje hatte mit ihnen mehr gelacht als in den ganzen
Monaten seit dem Umzug.

Warum konnte sie mit ihrer Mutter nicht mehr lachen,
nicht einmal mehr normal reden?
Warum bekam sie auf Nachfragen immer nur
ausweichende Antworten?

Früher, in Berlin, war das anders. Glaubte sie – oder?
Was war denn anders gewesen?
Was war mit ihr selbst nicht mehr in Ordnung?
Das Wort Freak bekam sie nicht mehr aus dem Kopf.
Ein Freak in der Gruppe voller Störenfriede. Auch wenn
ihr diese Gruppe gut tat.
Sie waren anders als der Rest.

War früher wirklich alles einfacher?
Warum?
Weil sie damals jünger war?

War es einfacher, als Sabrina noch entschied, was gegessen wurde, wann geschlafen wurde, wann man sich trösten ließ?

Es war alles da gewesen.

Struktur, Geborgenheit, sogar Liebe – aber an eines konnte sie sich nicht erinnern, an Gespräche.

Und jetzt?

Jetzt schien alles, was zählte, irgendwo zwischen Alltag und Absicht verloren zu gehen.

Lukje vermisste ihre Mutter. Nicht als Person – sondern das, was sie früher miteinander hatten.

Diese Nähe, bei der eine Umarmung und ein Überraschungsei jede Katastrophe heilen konnte.

Jetzt blieb nur der Nachgeschmack.

Und das Gefühl:

Sie war noch da.

Aber irgendwie anders.

Vier Minuten später war er da.

Jaro schob sein Rad über den Bordstein und grinste, als er sie sah.

„Da bist du ja."

Er blieb vor ihr stehen. Kein großer Auftritt. Nur er. Mit diesem Blick.

„Wie versprochen", sagte er und deutete auf sein Rad. „Mit Begleitschutz."

Sie grinste.

„Ich habe aber keine Sirene am Lenker."

„Schade. Wäre cool gewesen. Oder ein Blaulicht."

Sie standen einen Moment nebeneinander.

Dann machten sie sich wortlos auf den Weg.

Räder an der Hand. Schritt für Schritt. Kein Lärm, kein Plan.

„War's schlimm heute?" fragte Jaro nach einer Weile.

„Schlimmer als Spinnenweben? Nein."

„Aber du hast überlebt."

„Ich habe sogar geputzt."

„Heldin."

„Ich weiß."

Sie lachte leise.

Es war dieser Ton, den er so mochte. Der, der kam, wenn sie es selbst nicht merkte.

„Und du? Sportlich heldenhaft?"

„Naja. Ich habe versucht, Max zu ignorieren und nicht zu sterben. Also: mittel-erfolgreich."

Sie lachten.

Zwei Räder. Zwei Menschen. Ein Weg.

Die Sonne stand tief, als sie an der Straße abbogen.

Für einen Moment war da dieses Gefühl – als wären sie schon einmal genau hier gewesen.

Dabei hatte es dieses Früher nie gegeben.

Und trotzdem fühlte sich das heute fast gut an.

Sie erreichten Lukjes Zuhause.

Die Straße war still. Die Fenster gedimmt.

Lukje blieb vor dem Gartentor stehen, drehte sich zu ihm.

„Danke, dass du mitgekommen bist."

Jaro stellte sein Rad ab, sah sie an.

„Immer."

Sie legte die Hand auf seinen Arm. Ganz leicht.
Ein Hauch von Berührung – wie ein Gedanke, der zu
lange in ihr gelegen hatte.

Er sah sie an.
Und konnte nicht anders.
    Er beugte sich vor und küsste sie auf die Stirn.
Langsam. Sicher. Zärtlich.
    „Bis morgen, mein Sternchen", flüsterte er.
    Dann stieg er auf sein Rad.
Fuhr los – und sah nicht mehr zurück.
    Lukje blieb stehen.
Die Hand immer noch am Tor.
Und lächelte.

Kapitel 28

„Nicht alles, was kitschig aussieht, ist auch oberflächlich."

Der Laden war ein Traum in Rosa.

Wände mit Herzchenmuster, pastellfarbene Hocker, eine Theke, die aussah wie eine Torte.

Es roch nach Vanille, karamellisiertem Zucker und etwas, das man nur in Kindergeburtstags-Erinnerungen findet.

Fenja wartete schon. In der Hand ein Milchshake mit so viel Topping, dass man das Glas kaum noch sah.

Lukje blieb in der Tür stehen, als müsste ihr Blick erst an all dem Rosa vorbeikommen. Dann huschte ein Grinsen über ihr Gesicht.

„Das ist der kitschigste Ort, an dem ich je war."

„Und der leckerste", sagte Fenja und schob ihr die Karte zu.

„Heute keine Probleme. Heute geben wir uns die volle Breitseite Zucker."

Lukje bestellte etwas mit Erdbeere, Marshmallows, bunten Streuseln und einem winzigen Papierschirm.

Sie setzten sich ans Fenster, an einen runden Tisch, der mit rosa Glitzerfolie beklebt war und unter dem Herzchen-Konfetti schwamm.

„Wie war's bei Frau Ellmers?" fragte Fenja, während sie sich ein Toffee-Karamell-Sahne-Wunder löffelte.

Lukje lehnte sich zurück.

„Uff. Ich habe… naja, ein bisschen erzählt. Also echt viel. Alles – nur nicht alles, falls du verstehst."

Fenja nickte. „Klingt therapeutisch. Oder wie der Anfang von einem Pop-Song."

Lukje schnaubte. „Sie hat nach Freunden gefragt. Ich habe euch erwähnt. Euch aus der Sklavengruppe."

„Oh! Ruhm und Ehre für uns!" Fenja hob theatralisch den Löffel.

„Sie hat auch gefragt, ob mich jemand mobbt. Ich habe... naja. Ein bisschen erzählt. Nicht alles. Nur so, dass sie mir glaubt, ich hab's im Griff."

Fenja wurde einen Moment still. „Hast du es wirklich im Griff, Süße? Du musst sagen, wenn du Hilfe brauchst oder willst. Nur falls ich es mal nicht mitbekomme.

Simon ist ein Dreckskerl – und er ist ein Fuchs. Du bist ja nicht sein erstes Opfer, aber er kommt immer damit durch."

Dann prostete sie ihr mit dem Milchshake zu.

„Du kannst stolz sein, Süße. Du bist tougher, als du denkst."

Lukje hob das Glas.

„Du bist ein Wunder – still tun und dann die Welt retten, nebenbei."

Sie tranken. Und lachten. Und atmeten.

Dann sah Lukje Fenja beinahe ernst an. „Danke, Fenja."

„Wofür?" Fenjas Blick war fragend.

„Dass du da bist. Und dass wir Freundinnen sind."

Fenja stand auf und umarmte Lukje ganz fest.

„Du doofe Nuss, danke, dass ich deine Freundin sein darf. So ist es richtig herum. Ich hätte ja gar nichts mehr zum Aufregen und Lachen."

Ein Moment, in dem alles leicht war. Noch.

Kapitel 29

„Hinter verschlossenen Türen wird gekämpft – und taktisch gezaubert."

Der Direktor rückte seine Brille zurecht, als könne er durch die Gläser mehr Autorität ausstrahlen.

„Lukje Hansen hat einen körperlichen Angriff auf einen Mitschüler verübt. Das können wir nicht einfach unter den Teppich kehren."

Britta Ellmers lehnte an der Fensterbank, die Arme verschränkt.

„Niemand kehrt hier etwas unter den Teppich. Aber wir sprechen auch nicht über einen Einzelfall, Herr Direktor. Simon hat Lukje seit ihrer Ankunft systematisch provoziert. Glauben Sie, wie oft sie geschwiegen hat? Oder wie viele andere Schüler es betroffen hat?"

„Das ändert nichts an der Tatsache—"

„Doch, das tut es sehr wohl", unterbrach Britta ruhig.

„Es erklärt, warum ein einziger Satz gereicht hat, um das Fass zum Überlaufen zu bringen. Lukje braucht kein Tribunal. Sie braucht jemanden, der sie ernst nimmt."

Der Direktor seufzte.

„Die Eltern von Simon wünschen eine persönliche Entschuldigung von Lukje Hansen. Bei ihnen zu Hause. Ich halte das für eine konstruktive Lösung."

Britta schüttelte den Kopf.

„Und ich halte das für unangemessen. Ich empfehle eine beidseitige, schulisch begleitete Entschuldigung. In neutralem Rahmen – nicht im Wohnzimmer von Eltern, die bereits mit Anzeige gedroht haben. Wenn es Ihre Tochter wäre – würden Sie das zulassen?"

„Sie sind hier nicht in der Position—"

„Ich bin sehr wohl in der Position, eine pädagogisch verantwortbare Lösung mitzugestalten. Oder möchten Sie, dass ich mich öffentlich dazu äußere, wie ich als Vertrauenslehrerin zu Hausbesuchen bei Mobbingopfern stehe?"

Der Direktor schwieg.

Er wusste, dass Britta unbequem sein konnte – aber niemals unüberlegt. Außerdem schätzte er die Kollegin sehr. Nur musste er heute noch etwas Unangenehmes mit ihr klären.

„Ich habe mit Lukje und ihren Eltern gesprochen. Sie hat es wirklich nicht leicht im Moment. Das soll keine Entschuldigung sein. Aber lassen Sie es uns bitte auf meine Art lösen."

Britta sah ihn an – fest, aber nicht fordernd.

„Gut", sagte er schließlich. Ein Kompromiss.

„Beidseitige Entschuldigung. In meinem Büro. Unter Ihrer Aufsicht."

„Abgemacht", sagte Britta ruhig – und wollte gerade durchatmen, da kam der Nachschlag.

„Stimmt es, dass die kleine Hansen mit Ihrem Sohn zusammen ist?"

Sein Blick war neutral, doch der Unterton kalt.

„Ich zweifle Ihre Neutralität nicht an. Aber bitte sorgen Sie dafür, dass ich auch künftig keinen Anlass dazu habe."

⁎⁎

Auf dem Flur hielt Britta kurz inne. Sie hatte beim letzten Satz die Luft angehalten.

Aber sie hatte sich nichts vorzuwerfen.

Sie war objektiv.

Zurück in ihrem Büro griff sie nach einem Stift. Auf der To-Do-Liste vermerkte sie zwei Dinge:

Herrn Hansen anrufen. Mit Simon sprechen.

Er war echt ätzend, würde ihr Sohn sagen.

Und ja – sie empfand es ähnlich.

Aber eines hatte sie über die Jahre gelernt:

Von nichts kommt nichts.

Irgendwo musste Simons Wut und sein Hass ja herkommen.

Kapitel 30

„Schweigen kann genauso verletzen wie eine Lüge."

Sabrina räumte die Teetasse vom Tisch, klappte den Laptop zu und legte ihre Unterlagen beiseite. Es war Freitagabend, und zum ersten Mal seit Wochen hatte sie sich vorgenommen, die Arbeit einfach liegen zu lassen. Auf dem Stuhl neben ihr stand eine kleine Tasche – Wechselwäsche, ein Buch, Zahnbürste. Nur bis morgen früh.

Sie war allein zuhause. Lukje war mit Fenja und Björn im Kino – ein Film ab sechzehn, für den eine erwachsene Begleitperson nötig war. Fenja hatte gebettelt, Lukje war Feuer und Flamme, und Björn hatte sich – seufzend, aber gutmütig – breitschlagen lassen.

Sabrina griff nach ihrem Handy. Eine neue Nachricht. Sie lächelte. Dann tippte sie eine kurze Antwort und legte das Telefon mit dem Display nach unten auf den Tisch. Sie wollte den Abend genießen. Vielleicht würde sie erst am Frühstückstisch zurück sein.

Vor dem Kino – Überraschung.

Finn und Jaro standen vor dem Eingang und versuchten vergeblich, so auszusehen, als wären sie zufällig hier.

„Wir wollten euch überraschen", murmelte Finn, während Jaro grinste.

Fenja quietschte auf, Lukje wurde rot, und Björn hob eine Augenbraue. „Na dann... setzen wir uns halt zusammen."

Drinnen saß Björn in der Mitte, links von ihm Lukje und Jaro, rechts Fenja und außen Finn. Als Jaro im Laufe des Films vorsichtig den Arm um Lukje legte und sie sich anschmiegte, beugte sich Björn zu Fenja und flüsterte: „Habe ich da was verpasst?"

Fenja grinste nur.

Der Film war besser als erwartet. Selbst Björn musste lachen.

Als sie das Kino verließen, stand Britta draußen und betrachtete die Filmplakate. Die Hände tief in den Manteltaschen.

„Hey, Mom!" rief Jaro überrascht.

Lukje erstarrte.

„Tante Britta?" fragte Finn irritiert.

Fenja hüpfte los, warf sich ihrer Tante um den Hals und küsste sie auf die Wange.

Björn – ohne sein Handy zu beachten – trat ebenfalls zu Britta. „Na, Britta. Holst du die Rasselbande ab? Ich hätte sie auch mitgenommen."

Lukje stand wie angewurzelt im Eingang. Ihre Gedanken rasten.

Was ist das hier? Ein Familientreffen? Wer gehört zu wem?

Fenja wollte sich bei ihr einhaken, doch Lukje löste sich von ihr. Ihre Stimme war leise, kalt: „Was ist hier los?"

Fenjas Augen suchten Jaro und flehten: Bitte nicht. Ihr Mund formte wortlos ein Warum?

Dann zu Lukje: „Jaro hat dir nicht ...?"

„Na du ja wohl auch nicht", fauchte Lukje sie an. Tränen schossen ihr in die Augen. Sie fühlte sich verraten, übergangen, ignoriert – als wäre sie die Einzige, die es nicht verdient hatte, einbezogen zu werden.

Jaro kam auf sie zu, wollte sich verabschieden, sich bedanken.

„Zisch ab", schnappte sie, drehte sich weg.

Jaro wurde heiß und kalt zugleich, er hatte es vermasselt. Erst fehlte der Mut – dann war es zu selbstverständlich geworden. Und irgendwann hatte er es einfach nicht mehr erwähnt.

Fenja starrte ihn mit aufgerissenen Augen an. Alles in ihrem Blick schrie: „Du hast es ihr ernsthaft nicht gesagt?"

Björn und Britta hatten davon nichts mitbekommen – sie unterhielten sich angeregt. Finn tippte auf seinem Handy herum.

„Kommt ihr?" fragte Björn schließlich.

„Ich fahr bei dir", sagte Lukje tonlos. Sie ging an allen vorbei, als wären sie Statisten in einem fremden Film.

Britta sah ihr verdutzt hinterher. „Was ist los?"

Björn zuckte mit den Schultern. „Keine Ahnung."

„Also, dass wüsste ich jetzt aber schon gerne", murmelte Britta. Sie legte Jaro eine Hand auf den Rücken, schob ihn Richtung Auto. Fenja trottete hinterher. Wie geprügelte Hunde gingen sie mit Britta zum Auto.

Der Abend, der so schön begonnen hatte, endete mit einem Knall. Nicht laut – dafür zerstörerisch.

*
**

Lukje sprach auf der Rückfahrt kein Wort.

Sie fühlte sich wie eine Zuschauerin in einem Film über ihr eigenes Leben. Dabei – eigentlich spielte sie mit. Nur ohne Drehbuch. Und ohne Mitspracherecht.

„Mama schläft heute nicht zuhause", sagte Björn, einen Hauch zu fröhlich. Das Motorengeräusch war das Einzige, was antwortete. Kein Radio, kein Kommentar.

„Das ist doch okay, oder Spatz?"

„Natürlich", antwortete Lukje leise.

Sie sah aus dem Fenster, und der Gedanke brannte sich in sie ein:

Niemand – aber auch wirklich niemand – fand es für nötig, sie vollständig in sein Leben einzubeziehen.

Auch bei Britta im Auto verlief der Heimweg still. Zu still.

Jeder hing seinen Gedanken nach. Nur Fenja versuchte hin und wieder, die Stimmung im Wagen aufzuhellen – mit einem Kommentar, einem Lächeln, einer Frage, die gleich wieder in sich zusammensank.

Finn daddelte auf seinem Handy herum.

Jaro starrte aus dem Fenster, regungslos, nicht ansprechbar.

Britta summte gedankenverloren eine Melodie, während sie sich auf den spärlichen Verkehr konzentrierte.

Viel war um diese Uhrzeit nicht mehr los. In wenigen Minuten lag Grevensand hinter ihnen – kleine Straßen, dunkle Felder, der Nachthimmel über ihnen wie ein Vorhang.

Ab und zu warf Britta einen Blick in den Rückspiegel.

Ihr Sohn wirkte, als hätte sich das Elend der ganzen Welt auf seine Schultern gelegt.

Was war nur vor dem Kino passiert?

Björn hatte ihr noch vor Beginn des Films geschrieben – alles klang nach einem gelungenen Abend.

Jetzt war die Stimmung wie aus Glas – kalt, spröde, gefährlich zerbrechlich.

Ihr Blick streifte fragend Fenja, die sich weiterhin um Gespräch bemühte, aber auch sie wirkte mitgenommen. So hatte Britta ihre Nichte selten erlebt.

Vor dem Haus ihrer Schwester hielt sie an. Die Straßenlaterne warf ein müdes Licht auf die Einfahrt.

„Fenni, ich komme nicht mehr mit rein, es ist schon spät", sagte Britta leise. „Grüß bitte Jutta und deinen Vater ganz herzlich. Wir sehen uns Sonntag zum Essen, ja?"

Fenja nickte nur, beugte sich vor und umarmte ihre Tante fest. Dann stieg sie aus.

„Komm, Alter. Aussteigen", murmelte Jaro und stieß Finn mit dem Ellenbogen an.

Finn sah kurz auf, brummte ein „Tschau, ey" und folgte Fenja.

Britta wendete langsam, blinkte noch einmal mit den Scheinwerfern, dann fuhr sie davon.

Der Weg bis nach Hause war nicht weit – fünf, vielleicht sechs Minuten.

Jetzt, wo sie allein mit Jaro im Auto saß, war der Druck kaum noch auszuhalten.

Sie warf einen Blick in den Rückspiegel. „Möchtest du mir sagen, was passiert ist, Schatz?"

Jaro antwortete nicht. Er presste die Lippen aufeinander, starrte weiter aus dem Fenster.

„Hey", sagte sie sanft. „Rede mit mir. Du willst doch nicht, dass die Kröte in deinem Magen zu einem Riesenvieh wird, das dir die Luft nimmt?"

Jaro senkte den Kopf und schüttelte leicht den Kopf. Er wusste genau, was sie meinte.

Damals, nach dem Tod seines Vaters, war es oft passiert: Dieses Gefühl, keine Luft zu bekommen. Plötzlich, mitten in der Nacht. Dann war seine Mutter gekommen, hatte ihn gehalten und gesagt, dass da eine Angst-Kröte in seinem Hals stecke – aus Traurigkeit und Hilflosigkeit. Aber sie sei nicht echt. Und wenn er darüber spreche, werde sie kleiner. Vielleicht nicht sofort – aber sie wachse nicht weiter.

Sie hatten sich später – unabhängig voneinander – in Trauertherapie begeben. Und es hatte geholfen. Er vermisste seinen Vater, ja. Aber ihm blieb nicht mehr die Luft weg.

Heute wusste er genau, wovor er Angst hatte. Kein ungreifbarer Schmerz. Eine klare, konkrete, plastische Scheißangst. Er wollte Lukje nicht verlieren.

Und das Schlimmste: Er hatte es selbst verbockt. Kein verdammter Krebs. Kein Schicksal. Nur er.

Er hatte geschwiegen, weil es bequemer war. Weil es gerade schön war. Jetzt war Lukje – zurecht – verletzt. Und Fenja hatte er gleich mit hineingerissen.

Fuck. Er musste das wiedergutmachen. Irgendwie.

Britta fuhr den Wagen in die Garage und stellte den Motor ab. Als Jaro an ihr vorbeihuschen wollte, hielt sie ihn am Arm fest.

„Jaro", sagte sie leise, aber bestimmt, „wir reden morgen beim Frühstück darüber, okay? Wenn ich dir helfen kann, werde ich das tun."

Jaro nickte. Er kam ihr sowieso nicht aus.

Britta zog ihn zu sich, legte die Arme um ihn und küsste ihn auf die Schläfe.

Wahnsinn, wie groß er geworden war. Mit Schuhen war er auf Augenhöhe. Bald würde er sie überragen. Bald würde er erwachsen sein. Das war gut. Richtig. Aber auch schmerzhaft. Sie war noch nicht bereit. Zum Glück – er auch nicht.

Kapitel 31

„Gegen den Wind laufen – und trotzdem lächeln."

Sabrina schloss leise die Tür der kleinen Pension hinter sich und trat hinaus in den Samstagmorgen. Die Luft war frisch, kühl, noch ein wenig feucht vom Nachtnebel.

Sie lächelte in sich hinein. Glücklich, gelöst – und ein kleines bisschen zerstört.

Ihre Haare machten, was sie wollten, der Lippenstift von gestern war verschwunden, und die Nacht hatte ihre Spuren auf der Haut hinterlassen.

Sie fühlte sich – lebendig.

In diesem Moment bog eine Gruppe Jogger um die Ecke. Na gut, keine Gruppe – zwei Männer. Simon. Und sein Vater.

Beide in Funktionskleidung, beide leicht außer Atem, beide... natürlich genau jetzt da.

Sabrina erstarrte.

Sie war keine zwanzig mehr, sie hatte ein erwachsenes Leben, und doch schoss ihr das Blut in den Kopf wie einem Teenager, der bei irgendetwas erwischt wurde, das offiziell niemand etwas anging.

Simons Blick glitt über sie, dann zur Pensionstür. Sein Vater bremste ab, musterte sie kurz – nicht unfreundlich, aber mit einem Tonfall, der schon beim Ansetzen verriet, dass da gleich ein Spruch käme.

„Na, Frau Hansen..., schon wach? Oder gerade erst aus dem Bett gefallen?" Ein Hauch zu betont, ein Hauch zu amüsiert.

Sabrina öffnete den Mund, überlegte. Vielleicht... irgendwas mit frühem Spaziergang? Aber da öffnete sich über ihnen das Fenster im ersten Stock. Eine junge Frau, dunkelhaarig, eingehüllt in eine Decke, beugte sich hinaus und winkte ihr nach. „Vergiss deinen Schal nicht! Es ist kalt!"

Sabrina hob kurz die Hand. Kein Spielraum für Ausflüchte mehr.

Simon machte große Augen. Sein Vater hob eine Augenbraue – sehr kontrolliert, sehr süffisant.

Sabrina zog das Kinn ein wenig höher.

Nein. Sie war niemandem Rechenschaft schuldig. Nicht den beiden. Nicht der Straße. Nicht dem Dorf.

Nur Björn. Und er wusste Bescheid. Hatte sie gefragt, fast nüchtern, fast traurig: „Stehst du jetzt auf Frauen? War das schon immer so? Hast du mich überhaupt geliebt?"

Sie hatte nachdenken müssen.

Ihre Freundin war lesbisch. Immer gewesen. Wusste es früh. Sabrina nicht.

Sie war nie in eine Frau verliebt gewesen. Nicht in eine bestimmte. Und sie hatte auch nie Männer geliebt wegen ihres Geschlechts.

Es war nie um Mann oder Frau gegangen. Nicht einmal wirklich um Sex.

Sondern um den Menschen. Um Nähe. Um Verbindung.

Wenn sie verliebt war, dann in eine Stimme. Eine Art zu lachen. Eine Verletzlichkeit. In eine Wahrheit, die jemand ausstrahlte.

Und das jetzt?

Das war kein Ausrutscher. Kein Experiment.

Es war... ernst.

Simon und sein Vater joggten weiter, und Sabrina atmete innerlich auf. Zum Glück musste sie in die andere Richtung, wenn sie noch Brötchen fürs Frühstück holen wollte.

Der kleine Bäcker hatte bereits geöffnet, doch die Auslage war trotz der frühen Stunde schon gut geplündert.

An die Verkaufszeiten in der Provinz würde sie sich wohl nie gewöhnen. Aber das musste sie auch nicht mehr.

Denn innerlich hatte sie sich längst entschieden.

Sie wollte zurück nach Berlin.

Ihre Freundin war beruflich gebunden, konnte aus Berlin nicht weg – und Sabrina vermisste sie. Nicht nur nachts. Sie vermisste sie im Alltag, im Gedanken, im Ankommen. Sie wollte nicht mehr ohne sie sein.

Und auch wenn sie selbst nie mit einer Frau gelebt hatte, war diese Beziehung – endlich – etwas, das sich vollständig anfühlte.

Im Gegensatz zu Björn, der sich hier längst eingelebt hatte, und auch zu Lukje, die trotz allem langsam Wurzeln schlug, war Sabrina bisher nicht wirklich hier angekommen.

Sicher, dass hatte viele Gründe. Die Sehnsucht nach ihrer Partnerin. Nach ihren Eltern. Aber auch der Alltag spielte eine Rolle.

Im Krankenhaus fühlte sie sich fehl am Platz. Die Kolleginnen und Kollegen waren freundlich, keine Frage – aber der Druck, die Arbeitsbelastung, der Mangel an Strukturen und Routinen, die sie aus Berlin gewohnt war, zehrten an ihr.

Vor allem aber war sie das Arbeitspensum nicht mehr gewohnt. All die Jahre hatte sie Teilzeit gearbeitet, war für Lukje da gewesen – 30 Stunden, mit Luft zum Atmen. Jetzt: Vollzeit. Verantwortung. Neue Abläufe, neue Systeme, neue Gesichter.

Vieles fühlte sich nach Aufbruch an – und gleichzeitig wie ein ständiger Kampf gegen das Ertrinken.

Die Schlange vor ihr wurde kürzer, und endlich war sie an der Reihe. Sabrina nannte der Verkäuferin ihre Wünsche.

Für Lukje nahm sie einen Amerikaner mit – den mochte sie schon immer. Für Björn eine Laugenstange extra. Und für sich selbst lieber Körnerbrötchen.

Es fühlte sich schön an, für die Familie Frühstück zu besorgen. Fast wie früher. Wenn der Anlass nur nicht so... seltsam gewesen wäre.

Sie zahlte, bedankte sich, steckte die Tüte in ihren Korb und schlenderte zurück zu ihrem geparkten Auto.

Unterwegs schrieb sie Björn eine kurze Nachricht auf *Whats-App*:

Sabrina_Hansen
Bin auf dem Rückweg. Frühstück bring ich mit – musst nicht loslaufen :)
…

Nur für den Fall, dass er sich wie so oft spontan entschied, noch schnell was zu besorgen.

Wenn sich die Gelegenheit ergab, wollte sie heute mit Lukje sprechen. Vielleicht beim Frühstück.

Britta Ellmers hatte recht gehabt – beim Elterngespräch. Sie durften Lukje nicht übergehen.

Sabrina lächelte bei dem Gedanken, wie Lukje wohl reagieren würde, wenn sie ihr sagte, dass sie zurück nach Berlin ziehen würden. Zurück in ihre alte Hood. Zu Elif. Zu Oma und Opa.

Doch tief in ihrem Bauch regte sich ein anderes Gefühl. Zweifel. Sorge.

Es würde nicht so leicht werden, wie sie sich das wünschte.

Sie hatte sehr wohl bemerkt, wie eng Björn und Lukje inzwischen miteinander waren. Wie oft ihre Tochter unterwegs war, wie oft sie mit Fenja schrieb. Wie oft sie lächelte.

Lukje hatte sich eingelebt. Endlich.

Und doch – sie liebte Berlin. Das wusste Sabrina mit Sicherheit. Berlin war ihr Zuhause. Immer gewesen.

Sie würden eine Lösung finden.

Mussten sie.

Sabrina seufzte und schloss die Autotür.

Sie wünschte, sie könnte so sicher daran glauben, wie es sich in ihrem Kopf anhörte.

Kapitel 32

„Weck mich, wenn das Drama startet.“

Auch anderswo begann um diese Zeit der Kaffee zu duften.

Britta klopfte an Jaros Tür, wartete einen Moment und öffnete sie dann leise. Jaro schlief noch tief und fest. Lange hatte es gedauert, bis er nach dem Kino endlich zur Ruhe gefunden hatte. Seine Gedanken kreisten stundenlang um Lukje. Um ihren Blick – geschockt, verletzt, zurückgewiesen. Und um Fenja, die ähnlich reagiert hatte. Es war nicht zu übersehen, wie sehr er es vermasselt hatte. Irgendwann schlief er schließlich doch ein.

Vorsichtig schüttelte Britta die Schulter ihres Sohnes. Nur die Nasenspitze lugte unter der Decke hervor.

„Schatz? Jaro?“ Sie sprach leise, sanft. „Wenn du vor dem Training noch frühstücken willst, musst du jetzt aufstehen.“

Ein leises Knurren war die Antwort.
Britta grinste und zog ihm die Decke etwas von der Nase. „Bekommst du da unten überhaupt Luft? Du schläfst immer wie eine Mumie – wie dein Vater, dachte sie.“

„Mooom... lass mich doch.“
„Geht nicht, Großer. Du hast Training. Oder soll ich absagen?“

„Neeein... Mom. Ich komm ja gleich", murmelte er, halb protestierend, halb ergeben.
Britta schmunzelte.
„Ich warte unten. Beeil dich bitte – du hast genau 25 Minuten für Anziehen und eine Tasse Tee. Ich nehme deine Sporttasche schon mal mit runter.
Und wenn du ganz lieb bitte, bitte sagst, fahr ich dich vielleicht sogar."

Jaro stöhnte leise. Na, das fehlte noch.
Wenn ihn seine Mutter zum Sportplatz kutschierte wie mit sieben – das wäre echt das Ende. Innerlich verdrehte er die Augen. Uncool.
Obwohl... das Mama-Mobil nahm man sonst durchaus ganz gerne in Anspruch.

Britta schnappte sich Jaros Sporttasche und ließ die Tür zu seinem Zimmer offen. Man wusste ja nie – falls er wieder einschlief, konnte sie noch mal rüber brüllen.
Teenager müsste man sein, dachte sie schmunzelnd.
Manchmal ist das Leben ein Drahtseilakt.

Vielleicht würden sie ja später noch über gestern Abend sprechen. Wenn er nicht gleich nach dem Training wieder für Stunden verschwände. Beim Frühstück wollte sie ihn erst einmal verschonen – aus Zeitgründen, ja, aber auch aus Rücksicht. Doch im Laufe des Tages... da wollte sie es wissen.

Was genau war vor dem Kino passiert?

Sie kannte ihren Sohn. Wenn er Kummer in sich hineinfrisst, wird er krank. Körperlich oder seelisch –

oder beides. Das konnte und würde sie nicht zulassen. Auch wenn er es ihr wieder als überbesorgt, neugierig oder gar übergriffig auslegen würde.

Es war ihr egal.

Wenn sie hartnäckig bleiben musste, dann war das eben so. Er musste sich aussprechen. Nicht sofort – aber bald.

Sie hörte in Gedanken schon sein empörtes, gedehntes „Moooom!" und musste innerlich leise lachen.

Kapitel 33

„Göttinnen überraschen – oft anders als gedacht.“

Der Sportplatz dampfte noch leicht vom Morgentau. Die Jungs trotteten nacheinander aus der Kabine. Jaro zog sich die Kapuze tiefer ins Gesicht, schulterte seine Tasche und versuchte, so wenig wie möglich zu denken.

Simon war natürlich schon da. Mit seiner Clique. Laut. Wie immer, wenn er eine Story hatte.

„Ey, Jaro!“ rief er, kaum dass der die Grasnarbe betrat. „Willst du mal was richtig Geiles hören?“

Jaro seufzte innerlich. Er hatte keinen Nerv auf Simons Gequatsche.

„Wir joggen heute früh am alten Schulhaus vorbei – weißt du, da, wo diese kleine Pension ist. Und was sehe ich? Da kam doch glatt die Mutter deiner rothaarigen Prinzessin raus. Also du weißt schon – Mutter Hansen.“

Ein leises Johlen ging durch die Gruppe.

Jaro blieb stehen.

Simon machte eine bedeutungsvolle Pause, dann fuhr er theatralisch fort:
„Und jetzt kommt's: Genau in dem Moment geht oben das Fenster auf – und da steht 'ne Frau. Nur in ein Laken gewickelt, dunkle Haare, echt hübsch für ihr Alter. Ich schwör's, die war komplett nackt unter dem Laken. Und

dann, total schräg, winkt die runter wie 'ne Göttin aus ihrem Palast."

Ein paar Jungs lachten.

„Total obszön, Alter. Ich mein, was geht bei denen ab? Kein Wunder, dass Lukje so schräg drauf ist. Guck dir mal an, wie die aufwächst."

Es wurde still.

Jaro stand da wie versteinert. Er sah Simon an. Nicht böse. Nicht wütend. Kalt.

„Sag das noch mal", sagte er leise.

Simon blinzelte. „Was? War doch nur 'n Witz, Mann. Chill."

„Das war kein Witz."

Jaro trat einen Schritt näher. „Du redest nicht über ihre Mutter. Nicht über Lukje. Und ganz sicher nicht in meinem Beisein. Klar?"

Der Trainer rief von der Seitenlinie: „Los jetzt! Warmmachen!"

Simon hob beschwichtigend die Hände, grinste aber noch.

Finn schüttelte den Kopf und stieß aufmunternd seine Schulter gegen Jaros. „Der bekommt seine Abfuhr noch, Alter. Ich schwöre."

Jaro wandte sich ab. In den Augenwinkeln sah er, wie Simon auf seinem Handy tippte – und wusste, dass es gleich wieder die Runde machen würde. Ein Lauffeuer. Die halbe Schule würde es wissen, bevor der Ball überhaupt gerollt war.

Arme Lukje.

Er musste sie vorwarnen. Das war das Mindeste. Egal, ob sie sauer auf ihn war, ihn hasste oder nicht. Er wollte sie nie wieder so ins offene Messer laufen lassen.

Jaro zog sein Handy aus der Tasche und schrieb ihr eine Nachricht. Kurz, ehrlich. Dann leitete er die auch an Fenja weiter.

Beinahe war er versucht, sie auch an seine Mutter zu schicken. Aber er ließ es.

Er musste ohnehin später mit ihr reden.

Denn sie würde nicht lockerlassen.

Kapitel 34

„Ein Nichts – ein Niemand. Und trotzdem unüberhörbar."

Sabrina war seit über einer Stunde zuhause. Nach dem Duschen zog sie etwas Bequemes an. Die Spuren der Nacht waren verschwunden.

Jetzt war sie wieder: Mutter. Ehefrau? Irgendwie fühlte es sich auch so an. Ihre Paarbeziehung – das war eine Geschichte, die früh begonnen hatte. Seit sie ein junges Ding war.

Wobei... jung war sie immer noch. Fand sie. Natürlich.

Weil Mann und Kind noch schliefen, hatte sie Zeit für sich – eine ganze Stunde. Sie bereitete in Ruhe Frühstück zu, schnitt Obst, kochte Eier. Sogar eine Tasse Tee im Garten konnte sie noch genießen

Wahnsinn. Wann hatte sie ein bisschen Me-Time zuletzt erlebt?

Ruhe. Entspannung. Kein Gedanke, der sich aufdrängte. Nur ein leiser Plan, der langsam zu einem Entschluss wurde.

Ja, heute war der richtige Tag.

Sie hatte es zwar nicht mit Björn abgesprochen. Aber heute fühlte sie sich stark genug – um mit Lukje zu reden. Und mit ihm.

Wie die beiden reagieren würden, war schwer zu sagen. Doch wenn nicht heute – wann dann?

147

Sie hatte es Ela versprochen. Das halbe Jahr in der Klinik neigte sich dem Ende. Die Probezeit lief aus. Die Sommerferien standen vor der Tür – ideal für einen Umzug. Und auch für Lukjes Schulwechsel nach Berlin.

Was das Haus hier anging... Björn verdiente sehr gut. Er konnte es behalten oder verkaufen. Ehrlich gesagt: Es war ihr ziemlich egal.

Sie neidete es ihm nicht. Ihr Herz hing nicht daran.

Lukje würde eines Tages das kleine Haus der Großeltern bekommen. Am Stadtrand von Berlin.

Und sie selbst? Konnte für sich sorgen.

Was den Unterhalt betraf – sie kannte Björn. Da würde es keine Probleme geben.

Vielleicht würden sie sich irgendwann um Bücher streiten. Aber nicht um Geld.

Von oben drangen Geräusche in den Garten. Die Familie war wach. Jemand war unter der Dusche, Rollläden ratterten, Fenster klappten auf.

Ihr Startzeichen - auf in den Kampf.

Sabrina ging in die Küche, stellte den Wasserkocher an und drückte den Startknopf der vorbereiteten Kaffeemaschine. Ihr Herz klopfte schneller als es sollte. Sie konnte es nicht verbergen: Sie hatte Angst. Aber es musste sein. Heute!

Björn kam die Treppe herunter und blieb überrascht stehen. Der Frühstückstisch war schön gedeckt, die Luft roch nach Kaffee und warmen Brötchen.

„Guten Morgen. Das sieht ja... gut aus. Okay, was habe ich verpasst?"

Sabrina lachte leise, streifte im Vorbeigehen seine Schulter. „Nichts, Björn. Ich kam unterwegs nur am Bäcker vorbei und dachte, wir könnten mal wieder richtig schön zusammen frühstücken."

„Du kannst öfter am Bäcker vorbeikommen", sagte er und hielt inne. Weil ihm klar wurde, wo seine Frau tatsächlich herkam.

„Also ich meine... hust... wenn's sich ergibt. Nach der Klinik und so."

Beide waren plötzlich peinlich berührt. Sie flüchteten sich in unnütze Tätigkeiten. Schrank auf. Schrank zu. Besteck nachsortieren.

Dann drehte sich Sabrina plötzlich mit einem Ruck zu ihm um.

„Ich werde heute mit Lukje reden. Bitte."

Ihr Blick war ernst. „Versprich mir, dass du ruhig bleibst. Sie muss die Sicherheit haben, dass wir beide an einem Strang ziehen. Verstehst du das?"

Björn nickte. Aber in seinem Kopf wirbelten Gedanken durcheinander. Was redete seine Frau da?

Als ob es an ihm gelegen hätte. Wenn es nach ihm gegangen wäre, hätte Lukje längst Bescheid gewusst.

Sabrina war es gewesen, die gezögert hatte. Die sich erst selbst sortieren musste. Was er verstehen konnte. Und irgendwie auch nicht.

Schritte auf der Treppe. Lukje.

Sie kam herunter, ganz in ihr Handy vertieft.

„Du wirst dir noch den Hals brechen", murmelte Björn.

Lukje hörte nicht hin. Eine neue Nachricht ließ sie lächeln.

Von Jaro. Doch, kein Herzchen. Keine Emoji. Keine Begrüßung. Nur nüchterne Information, wie aus einem Polizeibericht:

moin.mondkind

Simon hat deine Mom gesehen, als sie heute Morgen aus der Pension kam, in der sie mit ihrer Freundin übernachtet hat. Es macht gerade die Runde. Bitte erschrick nicht, okay? Wir bekommen das hin.

…

Nicht einmal ein Gruß. Aber immerhin: Er hatte sie gewarnt.

Lukje fühlte, wie ihr die Luft knapp wurde.

Verdammt noch mal – was bildeten sich ihre Mutter und deren Freundin eigentlich ein?

War sie ein Nichts? Ein Niemand? Hatte sie keine Gefühle, die man ernst nehmen sollte?

Konnte ihre Mutter nicht wenigstens ein bisschen Rücksicht nehmen?

In diesem Kaff war doch klar, dass es sofort jeder mitbekam.

Simon, du Oberarsch, dachte sie. Eine blutende Nase hat wohl noch nicht gereicht?

Wortlos kam sie in die Küche, setzte sich auf ihren Platz. Dem schön gedeckten Tisch schenkte sie keinen Blick.

Sabrina stellte Björn den Orangensaft hin und setzte sich ebenfalls. „Guten Morgen", sagte sie – eine Spur zu fröhlich.

„Guten Morgen", antwortete Björn und sah sie ernst an. Nicht böse. Nur wach.

Von Lukje kam ein tonloses „Hmpf" und ein angedeutetes Nicken. Dann legte sie das Handy umgedreht neben die Tasse.

Ihr Blick bohrte sich in den Teller. Fast, als könnte sie sich hindurchgraben.

Lukje hatte das dringende Gefühl, als würde dieser Tag ihr alles abverlangen. Und danach würde nichts mehr so sein wie vorher.

Sie sollte recht behalten.

Kapitel 35

„Auch wenn sich der Weg gabelt – du musst dich entscheiden und weitergehen."

So sonnig und entspannt der Morgen für Sabrina begonnen hatte – so eisig verlief er weiter. Das hatte sie sich anders vorgestellt.

Aber egal. Augen zu und durch.

Sie wartete ab, bis Lukje mit den Fingern an ihrem Amerikaner herumstocherte. Krümel für Krümel. Wie ein Vögelchen, dachte Sabrina – und für einen Moment durchfuhr sie ein warmer, wehmütiger Gedanke.

„Süße, ich muss mit dir reden", begann sie und sah ihre Tochter an.

Lukje lehnte sich im Stuhl zurück, wie jemand, der eine offizielle Ansprache erwartete – doch ihr Blick blieb auf dem Teller. Auf den Krümeln.

„Ich weiß nicht, wie ich es dir am besten sagen soll… aber dein Vater und ich… wir – also Björn und ich – wir werden uns trennen."

Stille.

Nichts regte sich in der Küche. Kein Tellerklappern. Kein Husten. Nur der Wasserkocher klickte leise im Hintergrund.

„Spatz, das hat nichts – gar nichts – mit dir zu tun", warf Björn ein.

Seine Stimme klang rau, aber fest.

Lukje hob den Kopf. Schaute erst ihn an. Dann ihre Mutter.

„Du hast dich dann wohl für deine scharfe Dunkelhaarige entschieden.

Gegen Papa. Und gegen mich."

Sie sprach leise. Kaum hörbar.

Doch jeder im Raum verstand jedes einzelne Wort.

Sabrina und Björn sahen sich erschrocken an.

„Was meinst du damit?", fragte Sabrina – aber ihr Blick glitt nicht zu Lukje, sondern bohrte sich in Björns Augen.

„Du hast es ihr gesagt. Gegen jede Abmachung. Na bravo."

Björn schüttelte langsam den Kopf.

Verletzt. Aber klar.

Er wich ihrem Blick nicht aus.

„Lass Papa in Ruhe. Der hat nichts gemacht."

Lukjes Stimme war jetzt schneidend. Schärfer als sie es wollte.

Und dann – brach es aus ihr heraus.

„Du bist hier nicht in Berlin, weißt du", sagte sie. Ihre Stimme war kühl.

„Was du da getrieben hast, interessiert da vielleicht keinen. Aber hier? Hier interessiert es alle."

„Ein Wunder, dass von dir und deiner... deiner Gespielin nicht längst Plakate am Marktplatz hängen."

Björn zuckte. Sabrina wurde bleich.

„Was glaubst du eigentlich, wie lange es dauert, bis einem sowas hier brühwarm unter die Nase gerieben wird? Ich bin die Tochter einer... einer..."

„Lukje!"

Björns Stimme durchschnitt die Luft wie ein Messer.

Hart. Scharf.

Nicht, weil er wütend war – sondern weil er wusste, was sie sagen wollte.

„Ihr habt wahrscheinlich schon WhatsApp-Gruppen", sagte sie, die Stimme spröde vor Bitterkeit. „Mit News,

Updates, Fotos. Vielleicht laufen auch schon Wetten, wann ... Ela hier einzieht."

Sie übertrieb maßlos – und wusste es.

Aber sie wollte wehtun.

So, wie es ihr die Erwachsenen die ganze Zeit angetan hatten. Ohne nachzudenken.

„Lukje..."

Sabrinas Stimme war leise.

„Es tut mir leid. Das wusste ich nicht. So wollten wir das nicht."

„Wir..." murmelte Björn.

„WIR wollten das ganz sicher nicht."

Er sah Sabrina an.

Kalt.

Klar.

„Bitte sag nicht wir, Sabrina."

Sie beachtete ihn nicht.

Sie versuchte, Lukjes Hand zu nehmen – doch die entzog sich ihr, verschwand hinter dem Rücken.

Sabrina stand auf.

Stellte sich an die Arbeitsplatte.

Nestelte an ihrem T-Shirt herum. Atmete ein.

„Ich habe mich verliebt, Süße.

Niemand kann etwas dafür.

Nicht dein Vater. Nicht du.

Aber... ich auch nicht."

Sie drehte sich um. Ihre Augen glänzten.

„Bitte glaub mir das.

Ich hätte mir das für uns auch anders gewünscht."

Björn konnte das anscheinend nicht aushalten.

„Bin gleich wieder da", murmelte er.

„Nur schnell... aufm Klo."

**

Er floh fast aus der Küche.

Der Raum kam ihm plötzlich zu klein vor – zu eng für drei Menschen, die sich zu nah und doch zu fern waren. Dabei hatten sie hier schon mit doppelt so vielen am Tisch gesessen. Wenn Kolleginnen und Kollegen zu Besuch waren, war das nie ein Problem gewesen.

Mit seinen langen Beinen nahm er die Treppe in großen Schritten, zwei Stufen auf einmal.

Oben angekommen, schloss er energisch die Badezimmertür.

Er konnte die Tränen nicht mehr zurückhalten.

Raues Schniefen, dicke Tropfen auf kühlen Fliesen.

Ein Gemisch aus Wehmut, Schmerz, Eifersucht.

Angst um Lukje.

Um das, was verloren war – und das, was er sich immer erträumt hatte.

Dazu das Gefühl, gescheitert zu sein.

Er war länger im Bad, als er wollte.

Aber so, wie er aussah, wollte er nicht zurück in die Küche.

Gerade als er sich mit kaltem Wasser das Gesicht kühlte, hörte er nebenan eine Tür knallen.

Laut. Wütend. Lukje.

Dann: unterdrückte Schreie. Etwas fiel. Musik. Laut.

Björn verließ das Bad.

Er ging zurück in die Küche.

Leer.

Sabrina war fort.

Er sah sich um. Wohnzimmer. Garten. Nichts.

„Sabrina… das kannst du nicht bringen", murmelte er und vergrub das Gesicht in den Händen. „Du lässt mich jetzt nicht ernsthaft mit unserer verstörten Tochter allein?"

Er ging wieder hinein. Goss sich ein Glas Orangensaft ein.

Sein Handy vibrierte.

Eine Sprachnachricht von Sabrina. Unterlegt vom Motor ihres Autos.

[Sprachnachricht] Sabrina_Hansen

Sorry Björn, ich muss ganz dringend los. Wollte das nicht, aber ist wirklich wichtig… geht um… Wohnung… Berlin. Lukje redet sowieso nicht mit mir. Blockt alles ab. Wärst du so lieb…, wenn sie mit dir redet…, erklär ihr bitte, wie es weitergeht? Du kannst das besser. Dir hört sie zu. Und sie wird sich freuen – zurück nach Hause, zu den Sommerferien. Danke mein Lieber.
…

Björn starrte auf das Display.
Dann stellte er das Glas ab und ging nach oben, um zu versuchen, seine verstörte Tochter zu trösten.

Kapitel 36

„Rote Gummibärchen – das kleine Wunder gegen große Sorgen."

Die Tür zu Lukjes Zimmer stand halb offen.
Drinnen war es still. So still, dass man das Atmen hören konnte – nicht ruhig, nicht gleichmäßig, sondern wie unterbrochen.
Björn trat ein, langsam, so als müsste er sich durch eine dicke Wand aus Traurigkeit und Schmerz bewegen.
„Ich bin's nur", sagte er leise.
Keine Antwort.
Er sah das zerwühlte Bett, den runden Umriss unter der Decke.
Dann tat er das Naheliegende.
Er legte sich hin. Lang ausgestreckt, mit den Händen hinter dem Kopf.
Vom Bett bis zum Schreibtisch, quer durch das halbe Zimmer.
„Ich hoffe, du musst heute Vormittag nicht aufs Klo", murmelte er.
„Ich blockiere nämlich den gesamten Fluchtweg."

Ein Kissen landete dumpf auf seinem Bauch.
Er grinste.
„Wusste ich's doch."
Dann rollte er sich auf die Seite, zog das Kissen unter seinen Kopf – und als die Decke nachrutschte, breitete er sie halb über sich aus.
Über seinen Rücken spürte er Bewegung.
Lukje hatte sich an ihn gekuschelt.
„Fast wie Indoor-Camping."

„Früher, wenn ich krank war."

Björn nickte gegen das Kissen.

„Mit Thermoskanne, Vorlesegeschichten und sämtlichen Kuscheltieren, die wir auftreiben konnten."

„Und Gummibärchen."

Sie schien zu lächeln.

„Aber nur die roten. Die machen gesund."

„Habe ich nie geglaubt", sagte sie dann.

„Aber es hat funktioniert, oder?"

Björn schmunzelte.

„Du lebst noch. Ich nenne das einen Erfolg."

Ein paar Minuten vergingen, wortlos. Dann vibrierte das Handy.

Lukje griff danach, las laut:

Fenja_Peace

15 Uhr. Milchshake. Keine Ausrede. Ich bin süßer als Vanille und netter als du lächelst.

…

„Fenja", sagte sie.

Björn drehte leicht den Kopf.

„Fenja", bestätigte er.

Björn grinste auf dem Teppich in sich hinein.

„Diese Fenja ist wirklich eine verrückte Nudel", murmelte er. „Ich mag sie sehr – deine Fenja."

Und stellte fest.

Fünfzehn Uhr ist doch super.

Er drehte den Kopf leicht zur Seite.

„Dann bleiben wir beide jetzt einfach so liegen. Wenn wir ausgeschlafen haben, fahr ich dich in die Stadt. Okay?"

Ein kleines Lächeln breitete sich auf Lukjes Gesicht aus.
Fast vorsichtig, als könne es kaputt gehen.
„Fünfzehn Uhr passt", sagte sie leise.

Ein leises Piepen bestätigte die Zeit als Björn den Wecker
an seinem Handy stellte.
Wenige Minuten später war Lukje eingeschlafen.
An seinen Rücken gekuschelt.
Und nicht einmal sein gelegentliches Schnarchen konnte
sie stören.

Kapitel 37

„Drei Bänder, viele Knoten, ein zartes Versprechen"

Die kurze Fahrt in die Stadt war still, aber entspannt.

Weder Björn noch Lukje war nach weiteren ernsten Gesprächen zumute. Und Smalltalk fühlte sich auch falsch an.

Für heute war genug gesagt.

Lukje drehte das Radio an.

Ein Popsong lief.

Es war nicht ihr Lieblingslied, doch harmlos genug, um die Stille zu füllen.

Vater und Tochter summten mit.

Und irgendwann sangen sie leise dazu.

Nicht, um sich zu verstecken.

Sondern, weil es sich gerade gut anfühlte.

Nachdem er einen Platz in der öffentlichen Parkgarage der kleinen Fußgängerzone gefunden hatte, brachte Björn seine Tochter noch das kurze Stück bis zum Milchshakeladen.

Lukje protestierte.

„Dafür brauchst du doch keine Parkgebühr ausgeben. Ich kann doch laufen."

Björn lachte.

„Nee, du. Jetzt habe ich schon so viel von dem Laden gehört – sogar von Kolleginnen – den will ich endlich mal sehen.

Und außerdem: Ich will einen Shake."

Er grinste.

„Und du glaubst doch nicht, dass ich da allein reingehe.

Kein Mann, den man dort hat alleine reingehen sehen, kam je wieder heraus."

Lukje lachte schallend – und Björn stimmte mit ein.

Das leise, melodische Tönen der Glocke über der Tür kündigte ihre Ankunft an, als Björn seiner Tochter die Tür aufhielt.

Fenjas Gesicht erhellte sich sofort. Freudig winkte sie ihnen zu.

Lukje und Björn gingen an ihren Tisch.

„Was für einen Shake hast du bestellt?", fragte Björn, während er die bunte Karte überflog.

„Noch gar keinen", sagte Fenja. „Ich habe auf euch gewartet."

„Kluge Entscheidung", sagte Björn.

„Ich lade euch beide ein – wenn ihr mir dafür sagt, was ich nehmen soll."

Die Entscheidung fiel nicht leicht, aber schließlich hatten alle drei das Passende gefunden und bestellt.

Björn nahm seinen Shake zum Mitnehmen.

Er verabschiedete sich mit einem Lächeln und einem großen Schluck Schoko-Kokos-Shake.

„Ich fahr kurz ins Institut. Um sechs steh ich an der Einfahrt zur Parkgarage. Seid ihr zwei dann wieder da?"

Die Mädchen nickten.

Dann verschwand er.

Fenja und Lukje nahmen erst mal einen großen Schluck von ihren Shakes und mopsten sich gegenseitig die Toppings vom reich verzierten Glas.

Ohne große Vorrede griff Fenja plötzlich nach Lukjes Hand.

Fast schüchtern fragte sie:
„Bist du mir noch böse? Ehrlich jetzt...“
„Ein bisschen enttäuscht“, antwortete Lukje.
„Nicht wirklich sauer. Es war nur..., es war so viel auf einmal.“
„Das versteh ich“, sagte Fenja leise.

„Warum hat Jaro mir das nicht gesagt?“, fragte Lukje mit tränenerstickter Stimme.
„Ich war doch...“
„Er wollte“, sagte Fenja sofort. „Wirklich. Das musst du ihm glauben.
Aber er hat sich auch schon eine Menge anhören müssen – als Lehrersohn und Sohn der „Psychotante“.
Er bindet das grundsätzlich niemandem auf die Nase.“
„Ja, aber mir hätte er's sagen müssen“, entgegnete Lukje energisch.
„Ich habe ihm auch immer alles erzählt.“
„Ich will gar nicht wissen, wie's ihm gerade geht“, sagte Fenja.
„Ehrlich jetzt – sei nicht zu hart zu ihm. Hey, das ist ein Kerl. Die gibt's nicht in perfekt. Niemals.

Wir sind hier nicht bei Wünsch dir was. Wir sind hier bei So isses.“
Lukje lachte – und dachte dabei, wie perfekt Jaro eigentlich für sie war.
„Bisher war er mein Held in goldener Rüstung“, sagte sie. „Vielleicht ist es Zeit, ihn da rauszuholen.“
Fenja lachte laut auf.
Lukje sah sie verwirrt an.
„Ja, DAS würde ihm gefallen, wenn du ihn aus der Rüstung fummelst.“

Beinahe kam ihnen die Milchshake aus der Nase – und Lukje wurde rot wie die Erdbeersoße, die gerade auf den Tisch kleckerte.

„Ey! Du weißt genau, wie ich das meine... Maaaan...“ Aber beide konnten sich vor Lachen nicht mehr einkriegen.

*
**

Später bummelten sie noch kichernd durch die Fußgängerzone und kauften sich an einem Stand zwei hübsche Freundschaftsbänder.

Ohne dass Fenja es sah, kaufte Lukje noch ein drittes.

Sie hatte sich längst entschieden:
Jaro bekam eine zweite Chance.
Er war – neben Fenni – das Beste, was ihr seit dem Umzug passiert war.

Am liebsten hätte sie auch eines für ihren Vater gekauft.
Aber sie zweifelte daran, dass es um sein dickes Handgelenk passen würde.

Pünktlich waren die beiden am vereinbarten Treffpunkt.
Björn wartete bereits – und musste nichts fragen.
Den Mädchen ging es gut.
Sie saßen eingehakt auf der Rückbank, kicherten vor sich hin –
und streckten ihm stolz ihre neuen Freundschaftsarmbänder entgegen.

Björn ging das Herz auf.
So wollte er sein Mädchen sehen.
Und nicht anders.

Kapitel 38

„Ein zarter Kuss, der um Verzeihung bittet.“

Der Weg war vertraut, aber fühlte sich heute anders an. Weniger leer.
Vielleicht, weil sie zum ersten Mal seit Tagen nicht mehr ganz so viel mit sich selbst zu kämpfen hatte.
Vielleicht, weil sie das Armband an ihrem Handgelenk spürte wie ein kleines Versprechen.
Vielleicht aber auch nur, weil sie wusste, dass er da war.
Jaro.

Er saß tatsächlich an ihrem Ort.
Nicht direkt auf der Bank, sondern auf der Lehne, die Füße auf dem Sitzbrett.
Er spielte mit einem dünnen Ast, ließ ihn kreisen wie einen Taktstock und bemerkte sie erst, als sie schon fast neben ihm stand.

„Hi“, sagte Lukje.
Er blickte auf, lächelte kurz und ließ den Ast fallen.
„Hi.“
Sie setzte sich auf die Bank, etwas schräg zu ihm.
Er blieb oben sitzen, sah sie an, als müsse er sich erst vergewissern, dass sie wirklich da war.
Dann:
„Du warst mit Fenja unterwegs?“
Sie nickte.
„Es war … schön. So richtig schön.“
„Ich freu mich.“
Jaro lächelte sie an – und ihr Herz machte einen Sprung.

„Danke", sagte er leise. „Danke, dass du dich gemeldet hast."

„Ich musste", antwortete Lukje. „Ich habe dich vermisst. Und Fenni hätte mir sonst die Zwiebeln vom Döner in die Ohren gesteckt."

Jaro lachte – ein ehrliches, befreites Lachen.

Jetzt wusste er sicher: Alles wird wieder gut.

Er rutschte von der Lehne auf die Sitzfläche und zog Lukje zwischen seine Beine.

„Ich habe was für dich", sagte sie schüchtern, das Freundschaftsband zwischen ihren Händen.

Jaro umfasste ihre Hände und legte den Kopf an ihren Bauch.

„Ich habe nichts verdient", murmelte er. Seine Stimme klang rau.

„Doch hast du. Du hast so viel verdient", sagte Lukje und streichelte durch seine wuscheligen Haare.

Dann öffnete sie die Faust und legte ihm das Bändchen um.

„Oha, ich werde in Ketten gelegt", scherzte Jaro.

„Na, so schlimm ist es noch nicht."

„Fenja und du – ihr habt auch eins?"

„Ja", sagte Lukje. „Sie hat's dir erzählt, oder?"

Er nickte.

„Aber deins ist wie meins. Fenjas hat eine andere Farbe."

„Jetzt hast du das gleiche wie ich."

„Danke", flüsterte Jaro.

Dann sah er sie ernst an.

„Wir müssen reden", sagte er leise. „Ich will dir alles erzählen. Immer."

„Ja", sagte Lukje.

Jaro zog sie auf seinen Schoß.
Und dann küssten sie sich. Einfach so.

Kapitel 39

„Familie – das ist, wenn der Käse Frieden stiftet."

Die Haustür stand offen, als Britta und Jaro die kleine Treppe hinaufstiegen.

Der Geruch von überbackenem Käse und frischem Basilikum wehte ihnen entgegen – einladend, aber auch irgendwie schwer.

„Kommt rein!", rief Jutta aus der Küche. Ihre Stimme klang hell und ein wenig gehetzt.

Britta lachte leise. „Als ob wir sonst draußen blieben."

Jaro folgte ihr mit gemischten Gefühlen. Er mochte seine Tankte und seinen Onkel sehr. Aber Familientreffen bedeuteten immer auch Fragen. Und heute lag eine gewisse Spannung in der Luft, die er kaum benennen konnte.

Fenja sprang als Erste aus dem Wohnzimmer, barfuß, in Jogginghose und mit nassen Haaren. „Endlich! Ich habe schon gefragt, wann ihr kommt."

Sie umarmte Britta herzlich und drückte Jaro einen Keks in die Hand. „Den musst du probieren. Habe ich gemacht. Ganz ohne Hilfe!"

„Wenn ich jetzt umfalle, wissen alle, warum", scherzte Jaro, aber er biss tatsächlich ab – und hob eine Augenbraue. „Gar nicht schlecht. Echt jetzt."

Fenja grinste zufrieden.

Im Hintergrund tauchte Finn auf, langsamer, mit den Händen in den Hosentaschen. Er wirkte, als hätte er überhaupt keine Lust auf den Tag – oder auf Gesellschaft.

„Hey", sagte Britta freundlich und streichelte ihm kurz über den Arm. „Schön, dass du da bist."

Finn nickte nur. Kein Lächeln. Murmelte in sich hinein: „Na ja, ich wohne hier. Noch. Echt jetzt."

Jaro konnte sich ein Schmunzeln nicht verkneifen. In diesem Moment bemerkten beide die Freundschaftsarmbänder an Fenjas und Jaros Handgelenken. Fenja grinste breit, während Jaro nicht verhindern konnte, ein klein wenig rot zu werden.

„Ihr seid süß", war Brittas einziger Kommentar, bevor sie in die Küche ging.

Jaro schob sich an Finn vorbei und stellte die mitgebrachten Getränke auf den Küchentresen. „Kann ich was helfen?"

„Du kannst den Tisch decken", kam es prompt von Jutta, die gerade eine Auflaufform aus dem Ofen zog und dabei mit dem Ellenbogen die Kühlschranktür zudrückte.

„Warum frage ich auch immer…", murmelte Jaro in seinen nicht vorhandenen Bart.

Fenja stellte sich neben ihn, schnappte sich die Gläser. „Macht Spaß, wenn man's nicht allein machen muss."

„Wo ist dein Uwe eigentlich?" Britta sah ihrer Schwester in der Küche über die Schulter – als könne sie ihren Schwager dort finden.

„Im Keller. Irgendwas mit dem WLAN. Das spinnt wieder."

Sie lachten alle kurz. „Wo sonst." Alltag eben.

Aber selbst hinter dem Lachen spürte man: Heute wird es nicht bei Keks und Käse bleiben. Irgendetwas lag in der

Luft.

Die Teller klapperten leise, das Besteck klang höflich und kontrolliert. Der Auflauf duftete herrlich – zu viel Käse, genau richtig. Ein Sonntagsessen wie aus dem Bilderbuch. Fast.

Da öffnete sich die Kellertür.

Uwe trat ein, wischte sich seine vom Händewaschen noch feuchten Finger an der Hose ab und setzte sich auf seinen Platz.

Fenja sah kurz zu Jaro, der gerade versuchte, sich so unauffällig wie möglich eine zweite Portion zu nehmen. Finn stocherte eher lustlos in seinem Essen herum.

„Und, wie läuft's bei euch in der Schule?" fragte Uwe. Die Frage war harmlos gestellt – zu harmlos. Fenja setzte an, wollte etwas sagen, aber Finn war schneller.

„Ganz okay", murmelte er.

Dann, nach einer kurzen Pause: „Also… na ja. Nicht so richtig. Eigentlich gar nicht."

Es wurde kurz still am Tisch.

„Wieso das denn?", fragte Jutta. Ihre Stimme klang ein bisschen zu überrascht. Dann, beinahe beschwichtigend: „Das ist doch alles machbar. Du warst doch immer gut in Mathe."

Finn schüttelte den Kopf. „Bin ich nicht mehr. Ich komm nicht mehr hinterher. Es ist einfach zu viel auf einmal. Ich kapier's nicht mehr."

Ein unruhiges Rascheln von Servietten und leises Räuspern.

„Aber… ohne Abi kannst du doch nicht studieren", sagte Uwe.

„Das ist dir schon klar, oder? Du bist ja nicht doof, also hast du das auf dem Schirm nehme ich an. Was willst du denn sonst machen?"

Finn sah erst ihn an, dann seine Mutter, dann Britta.
„Vielleicht will ich gar nicht studieren. Vielleicht will ich was mit den Händen machen. Holz. Metall. Irgendwas bauen. Das habe ich schon immer gern gemacht."
Stille. Dann ein seufzendes „Oh Finn..." von Jutta.

„Hört ihn euch doch erst einmal an", sagte Britta ruhig.
„Es gibt bestimmt genug Berufe, die einen fordern – und erfüllen. Und wenn man später doch noch mehr will, kann man auch nach einer Ausbildung studieren. Es gibt heutzutage viele alternative Möglichkeiten."
Uwe schnaubte leise.
„Trotzdem. Ist halt sch…ade, wenn man's nicht mal versucht."
Finn zuckte mit den Schultern. Und dann, lauter und trotziger im Ton, als er eigentlich wollte: „Ich habe es versucht. Seit Monaten. Aber ich fühl mich jeden Tag blöder."
Jaro sah erschrocken auf und schaute auf seinen Cousin. Das saß. Mit den klaren Worten hatte auch er nicht gerechnet.
„Also ehrlich gesagt", warf Britta ein, „ist mir ein glücklicher Handwerker lieber als ein frustrierter Akademiker. Und die Jobchancen sind besser, als viele glauben."
„Tja, es ist ja auch nicht dein Sohn, sondern meiner, sagte Jutta leicht angezickt. Und dann an Finn gewandt: „Was ist, wenn Du das später fürchterlich bedauerst?

Papa und ich wollen uns nicht vorwerfen müssen, dass wir dich nicht genügend unterstützt und gefördert haben."

Finn sah sie offen an. „Niemand wird euch das vorwerfen und ich am wenigsten. Wenn ich wirklich irgendwann noch Abi machen möchte oder Studieren, dann mach ich das später. Nach einer Ausbildung oder ein Duales Studium, berufliche Weiterbildung. Es wird sich eine Lösung finden. Aber so, wie es gerade ist, halte ich es nicht mehr aus. Nicht noch ein weiteres Schuljahr. Nach den Sommerferien werde ich auf die Realschule wechseln." Finns Stimme war fest und entschlossen.

Diesmal sagte niemand sofort etwas.

Dann nickte Britta langsam.

„Das klingt nach einer sehr gut überlegten, reifen Entscheidung."

Fenja sah ihren Bruder an, dann senkte sie den Blick.

Jaro schob sich wortlos eine Gabel in den Mund.

Und dann, wie beiläufig, fragte Uwe:

„Sag mal – dieses Mädchen aus eurer Schule – die mit der zu lockeren Faust, kennt ihr die? Die ist aber nicht bei einem von euch in der Klasse, oder?"

Jaro hörte auf zu kauen, hob den Kopf. Für einen Moment schien er Luft zu holen. Die Schultern straff, der Blick fest. Er wollte gerade ansetzen – doch Britta war schneller.

Ein kurzes Kopfschütteln von ihr, kaum sichtbar, aber eindeutig. Nein, nicht in Fenjas Klasse.

Jaro senkte den Blick wieder auf seinen Teller. Nahm eine Gabel. Kaute weiter. Wortlos. Aber nicht nachgebend.

Fenja sah kurz zwischen ihnen hin und her, dann sagte sie wie selbstverständlich: „Ich bin mit ihr im Sozialprojekt. Reinigungsdienst."

„Ich frag ja nur", meinte Uwe. „In unserer Eltern-WhatsApp-Gruppe war ein richtiger Aufschrei. Die kleine Berlinerin soll ja brutal zugeschlagen haben. Wo denkt die, wo sie ist – in Berlin-Neukölln?"

„Es gab doch hoffentlich Konsequenzen?", fragte Jutta, „oder? Sowas lässt man doch nicht einfach durchgehen?"

Britta legte die Serviette beiseite. Ihre Stimme war ruhig, mit Nachdruck:

„Vielleicht solltet ihr mal darüber nachdenken, was ihr da eigentlich diskutiert. Nur weil über Konsequenzen nicht in eurer WhatsApp-Gruppe berichtet werden, heißt das nicht, dass es keine gab."

Dann, fast beiläufig:

„Ihr solltet sie mal kennenlernen. Bevor ihr euch ein Urteil bildet."

Jaro warf seiner Mutter einen kurzen Blick zu. Voller Dankbarkeit.

Die Gespräche am Tisch verliefen sich langsam in belanglosere Themen – Urlaubspläne, neue Serien, irgendein Nachbar, der seine Garage in eine Bar umbauen wollte.

Jaro nutzte die Gelegenheit, um aufzustehen.

„Frische Luft", murmelte er und schob die Terrassentür auf.

Draußen war es warm, aber nicht drückend. Der Himmel leicht bewölkt, irgendwo zirpte ein Vogel, der eindeutig zu früh dran war mit seinem Abendprogramm.

Nach ein paar Minuten hörte er Schritte hinter sich. Finn.

Er blieb schweigend neben seinem Cousin stehen. Die beiden mussten nichts sagen, um sich zu verstehen – sie waren zusammen aufgewachsen. Nicht ganz wie Brüder, aber nah genug dran.

„Hast du ein bisschen Zeit?", fragte Jaro schließlich.

Finn zuckte mit den Schultern. „Klar. Was ist los?"

Jaro drehte sich leicht zu ihm.

„Ich habe da was. Einen Stuhl. Also, so einen alten, schäbigen. Der stand mal an der Endhaltestelle bei der neuen Siedlung – da, wo Lukje jetzt wohnt. Bevor sie da endlich 'ne Bank hingestellt haben."

Finn grinste. „Der mit dem abgesägten Bein?"

„Genau der."

Jaro lachte leise. „Ich habe ihn gerettet, als sie ihn zum Müll stellen wollten. Mit dem Fahrrad. Das war eine Aktion. Aber er ist jetzt in der Garage."

Finn sah ihn neugierig an.

„Und? Was willst du damit?"

„Ich will ihn herrichten", sagte Jaro ruhig.

„Schleifen, streichen, neu verleimen, bisschen schöner machen. Und dann verschenken."

Finn blinzelte. „Du willst einen … Stuhl … verschenken? An wen verschenkt man einen alten Stuhl?"

Jaro sah ihn an. Kurz, aber mit allem, was man nicht aussprechen muss. „Ah", machte Finn.

„Ein Geschenk von moin.mondkind?"

Jaro nickte.

„Mit Mondaufkleber?", fragte Finn.

Finn grinste. „Okay. Ich bin dabei. Ich will, dass der weder wackelt, noch kippt. Und das wäre bei Dir alleine nicht garantiert."

Jaro stieß ihn leicht mit der Schulter an und lachte.

„Deal."

Dann schwieg er einen Moment.

„Weißt du…", sagte Jaro leise, „ich find's echt schade, wenn wir nächstes Jahr nicht mehr in einer Klasse sind. Echt jetzt."

Finn sah ihn abwartend an.

„Bro, ich versteh dich", fügte Jaro hinzu. „Lieber eine Top-Note auf der Realschule als ein Abi, dass man sich schönreden muss."

Finn lächelte.

„Danke Bro."

„Kein Ding", sagte Jaro. „Aber fehlen wirst du mir trotzdem."

Kapitel 40

„Manche Stürme kommen leise – und wirbeln doch alles auf."

Die Spülmaschine brummte leise, als Björn den Küchentisch abwischte. Er hätte das auch später machen können, aber irgendetwas in ihm brauchte gerade Ordnung. Eine Art Gegenwehr gegen das Chaos, das eben durch die Tür spaziert war. Oder besser gesagt: durch die Haustür gewirbelt.

Sabrina war überraschend aufgetaucht – mit zu viel Energie, zu viel Duft und einem Blick, der sagte: Ich habe was Wichtiges zu besprechen.
„Sie soll Ela kennenlernen", hatte sie gesagt.
Einfach so.
Mitten in der Küche.
Als wäre das ein neues Rezept und keine Weltverschiebung.
Björn hatte nur geschaut.
„Du weißt, dass sie eine Rolle spielen wird, Björn. Ich will ehrlich sein mit Lukje. Ich liebe sie. Und ich liebe Ela. Und ich wünsche mir, dass sie sich kennenlernen. In Berlin."
In. Berlin.

Er hatte es sofort verstanden.
Nicht irgendwann. Nicht vielleicht. Nicht zart getastet.
Sie will Lukje mitnehmen.
Jetzt stand er am Küchentisch, beide Hände auf der Platte, als müsse er sich festhalten.

„Sabrina, das kannst du nicht ernst meinen."

„Ich meine es vollkommen ernst", entgegnete sie ruhig. Zu ruhig.

„Du willst sie mir wegnehmen."
„Ich nehme niemanden weg. Ich bin ihre Mutter."
„Ich bin ihr Vater."
„An Wochenenden und Feiertagen vielleicht."
Der Satz fiel. Flach. Schwer. Brutal ehrlich – oder einfach nur grausam?

Björn sah sie an, als hätte sie ihm ins Gesicht geschlagen.
„Und du meinst, das berechtigt dich, sie jetzt rauszureißen? Aus diesem Haus, aus ihrer Schule, von ihren Freunden – von mir? Nur weil du dich neu verliebt hast?"

„Ela ist nicht der Grund. Ich will, dass wir als Familie leben. Dass Lukje bei mir ist."
„Familie?!", fuhr Björn auf. „Du hast eine Familie! Aber die passt dir gerade nicht, oder wie?"
Sabrinas Augen blitzten. „So einfach ist das nicht. Du hast keine Ahnung, wie es für mich war, sie fast alleine großzuziehen. Die Verantwortung. Die Kämpfe. Die Schuldgefühle. Jetzt will ich sie wenigstens zurück in mein Leben holen, richtig. Und Ela gehört dazu."

Björn atmete tief durch.
„Ich war nicht einfach weg, um Karriere zu machen, Sabrina. Ja, meine Arbeit ist mir wichtig – aber ich habe auch gearbeitet, damit wir unser gemeinsames Leben aufbauen können. Das Leben, dass wir beide zusammen

geplant hatten. Ein Haus, einen Garten, finanzielle Sicherheit.

Sein Blick wurde fester.

„Ich habe dir versprochen, dir den Rücken freizuhalten, wenn du beruflich durchstartest. Und das habe ich getan. Ich habe alles erfüllt, was du dir gewünscht hast. Das Haus ist fertig, inklusive einem großen Gästezimmer für deine Eltern. Lukje geht auf ein gutes Gymnasium. Ich habe einen krisensicheren Job und konnte für dich und Lukje meine Stunden runterfahren. Du hast einen guten Job gefunden, hier an der Klinik, wo du Karriere machen kannst. Alles was du wolltest ist jetzt da. Jetzt bist du dran. Du gehst deinen Weg – und ich halte alles hier zusammen. Für dich, mich und vor allem für Lukje."

Sabrina sagte nichts, aber ihr Kiefer spannte sich. Björn war noch nicht fertig. Was sich während der letzten Wochen und Monate in ihm angestaut hatte, musste raus.

„Dass ich dadurch mehr Zeit mit unserem Kind verbringe als du… das ist einfach so. Und wenn du eifersüchtig bist – dann sag es. Aber hör auf, es so hinzustellen, als würde ich dich verdrängen. Ich bin als Vater einfach nur da. Endlich, kann ich das."

Er ließ sich langsam auf einen der Küchenstühle sinken. Die Wut war weg.

Übrig blieb nur dieses dumpfe, bohrende Gefühl. Ohnmacht. Und Angst.

Was, wenn er seine Lukje wirklich verlor?

Seine Gedanken wanderten wie von selbst durch seinen Bekanntenkreis. Er musste reden, aber mit wem. Nachbarn? Nein. Mit den Kollegen darüber reden… unmöglich.

Nicht bei dem Thema.

Britta?!

Der Name tauchte in seinem Kopf auf, als hätte ihn jemand leise hineingeflüstert.

Sie war die Einzige, mit der er jetzt reden wollte. Die Einzige, die es verstehen könnte – ohne gleich Partei zu ergreifen.

Er überlegte.

Ein Gespräch im Büro wäre möglich. Neutral. Unverfänglich.

Aber auch… kalt. Ungemütlich.

Vielleicht würde er sie lieber einladen. Zum Essen. Nichts Großes. Irgendwas Einfaches.

Oder war das schon zu viel? Zu privat?

Aber Britta war nicht irgendwer. Und jetzt gerade – jetzt gerade brauchte er jemanden, der ihn verstand und sah wie er war. Nicht als Vater, nicht als Kollege, nicht als Ex, als Björn.

Einfach als Mann, der kurz davor war, das Wichtigste in seinem Leben zu verlieren.

Kapitel 41

„Manchmal beginnt ein Zuhause nicht mit Mauern, sondern mit einem Lächeln im Vorgarten."

Es war lebendig geworden in der Siedlung, die inzwischen alles war, aber kein *#LostPlace* mehr.

Es wurde geschleppt, gewunken, um Hilfe gebeten. Die Papiercontainer quollen über, weil jeder zweite Karton dreifach gefaltet und trotzdem nicht passte.

Einbauküchen wurden geliefert und eingebaut, während Monteure mit Werkzeugkästen und Kabelrollen die Gehwege blockierten – „Wir brauchen Platz, sorry."

Man stellte sich vor, verwechselte sich wieder, lachte darüber. Es wurden erste nette Bekanntschaften geschlossen – und Feindschaften erklärt.

Wo vor wenigen Wochen noch alles leer gewesen war, wurde nun gepflanzt, gestritten, improvisiert.

Kinder jagten sich zwischen Baustellenmüll und Blumenkübeln, irgendwo fluchte jemand über eine fehlende Fernbedienung, und auch die Haustiere eroberten sich ihr neues kleines Universum – frech, flauschig und vollkommen selbstbewusst.

Björn sah aus dem Küchenfenster, während er seinen Kaffee umrührte.

Im Nachbargarten rollte ein Mann ein Planschbecken aus, weiter hinten schleppte eine Frau Kissen in einen Liegestuhl. Zwei Gärten weiter sprang eine Katze anmutig über die frische Hecke – und blieb dann auf einem Gartenhäuschen sitzen, als hätte sie vor, die Nachbarschaft von dort aus zu regieren.

Er lächelte. Irgendwas daran war tröstlich. Dann hörte er ein Lachen. Ein echtes. Hell. Er trat einen Schritt näher ans Fenster.

Lukje.

Barfuß. Ein bisschen zerzaust. Und mit einer kleinen Katze auf dem Arm. Sie lachte, während das Tier ihr neugierig über die Nase stupste. Neben ihr ein halb geöffnetes Kellerschachtgitter. Staubig. Unverkleidet.

Björn öffnete die Tür.

„Alles okay?" rief er.

„Ich glaub, die war eingesperrt", rief Lukje zurück.

„Ich versuch rauszufinden, wo sie hingehört. Aber ich weiß nicht, welches Haus."

Sie klingelte. Keine Reaktion. Noch einmal. Dann das dritte Mal – endlich ging eine Frau ans Fenster.

Kurze Erklärung. Viel Nicken. Ein Lächeln.

Lukje konnte das Kätzchen ihren Besitzern zurückgeben und blieb noch einen Moment bei den Nachbarn im Vorgarten stehen. Björn konnte nicht sehen, mit wem Lukje sich dort so angeregt unterhielt.

Als seine Tochter zurückkehrte, war sie nicht alleine.

Das Mädchen aus ihrem Sozialprojekt lief neben Lukje her und schob ihr Fahrrad bis zum Zaun.

Lukje hatte Mara auf eine Limo eingeladen und die beiden verschwanden gemeinsam in den Garten.

Fröhlich plaudernd setzten sich die beiden Mädels unter den Sonnenschirm und ließen die Welt für einen Moment draußen.

Björn blieb an der Tür stehen, die Tasse in der Hand. Schaute und dachte…

Vielleicht war jetzt der Moment gekommen?

Nicht für ein Pony – vielleicht jedoch für etwas anderes. Etwas, das bleiben konnte.

Etwas, das auf sie wartete, wenn sie nach Hause kam.

Ein kleiner Hund vielleicht. Einer, der auch mal mit ins Institut durfte. Der den Garten erobern konnte. Der nicht sprach, aber sagte und zeigte: Du bist nicht allein.

Es war nicht fair.

Er wusste das.

Noch ein Argument fürs Hierbleiben.

Aber vielleicht musste er genau das zeigen?

Dass hier Platz war – nicht nur für ein Tier. Für Wünsche. Für ein glückliches Leben.

Björn stellte seine Tasse ab, holte eine Flasche Zitronenlimo und zwei Gläser aus der Küche und brachte sie den Mädchen in den Garten.

Dann stellte er die Limo ab – und ging.

Kapitel 42

„Vertrauen wächst nicht auf Kommando – aber manchmal setzt sich jemand einfach dazu."

Der Flur roch nach Kaffee und Reinigungsmitteln.
Lukje saß auf einem gepolsterten Stuhl mit kratzigem
Bezug. Die Wände waren hellgelb gestrichen, an einer
Pinnwand hingen Flyer mit Titeln wie *„Wenn das Leben
drückt"* und *„Stark durch die Krise"*.

Sabrina scrollte nicht. Ihr Handy lag zwar in der Hand,
aber der Daumen bewegte sich nicht.
„Ich warte hier", sagte sie, als die Tür aufging.
Lukje nickte. „Ist besser."

Der Mann, der sie aufrief, war kaum größer als sie.
Schwarze Sneaker, Jeans, offenes Hemd über einem Shirt
mit verwaschenem Print. Auf seinem linken Unterarm ein
feines, schwarz gestochenes Tattoo – vielleicht ein Baum.
Oder ein Blitz.
Er lächelte.
„Lukje? Ich bin Milan Großmann."
Er streckte ihr die Hand entgegen.
Zögernd, aber mit festem Griff, erwiderte sie den
Händedruck.
„Freut mich, dass du da bist."
Sein Blick blieb offen, freundlich – kein Mustern, kein
Abtasten.
„Sag mal – wie machen wir's mit dem Duzen oder
Siezen? Was ist dir lieber?"
„Du", antwortete Lukje sofort.
„Okay. Dann nenn mich bitte auch beim Vornamen. Ich

heiße Milan."

„Gerne", sagte Lukje leise.

Er öffnete die Tür. Sabrina blieb draußen.

Der Raum wirkte angenehm unaufgeräumt. Kein Schreibtisch, keine Uhr an der Wand.

Zwei einladende Sessel, ein Sitzsack, ein Couchtisch mit Wasserkaraffe, Gläsern – und einer angebrochenen Packung Kosmetiktücher.

Hier wurde viel geweint. Und niemand schämte sich dafür.

An der Wand standen Bücher. Keines über Verhaltensstörungen. Dafür selbstgemalte Bilder – vielleicht von Kindern, vielleicht von Klienten. Schwer zu sagen.

Milan setzte sich ihr gegenüber, ohne Barriere. Keine Distanz zum Verstecken, keine aufgesetzte Therapeutensprache. Nur Präsenz.

Er schaute sie ruhig an, sagte nichts.

Lukje wurde unruhig. Sollte sie anfangen? Warten?

Da fragte Milan:

„Kannst du mir mit deinen eigenen Worten sagen, warum du heute hier bist?"

Er sprach ruhig, ohne Druck.

„Willst du mir erzählen, was passiert ist?"

Lukje sagte nichts. Ihre Lippen waren fest aufeinandergepresst.

„Lukje", begann Milan erneut, „ich will, dass du weißt: Du bist heute nicht hier, weil jemand denkt, du seist verrückt. Oder gefährlich. Oder ein Monster. Menschen tun Dinge – oft nicht aus Bosheit, sondern aus anderen Gründen. Ich möchte dich kennenlernen. Verstehen, was bei dir los war, als du deinen Mitschüler angegriffen hast. Und wenn du dich traust, mit mir darüber zu sprechen, können wir gemeinsam Wege finden, wie du solche Situationen künftig besser meistern kannst. Klingt das für dich okay?"

Lukje nickte langsam.
„Ja… das verstehe ich. Aber es fällt mir furchtbar schwer, darüber zu reden."

„Das ist total in Ordnung", sagte Milan. „Ich mache dir einen Vorschlag. Ich stelle dir erst ein paar einfache Fragen. Eckdaten, nichts Persönliches. Danach sehen wir weiter – vielleicht wird es leichter."
Sie nickte wieder.
„Und eins noch: Im Moment bist nur du wichtig. Ich bin für dich da – nicht, weil die Schule es will. Nicht für deine Eltern. Für dich."
„Für mich?"
Sie sah ihn erstaunt an.
„Ja. Natürlich auch für die anderen, klar. Aber in erster Linie: für dich."

Er nahm einen Notizblock zur Hand und stellte die klassischen Einstiegsfragen:
Name, Alter, Berufe der Eltern, Geschwister, Wohnsituation. Ob sie ein eigenes Zimmer hatte. (Hallo? Gibt es auch Kinder ohne Zimmer?)
Dann: Hobbys, schulischer Alltag, Freundschaften, Schlafenszeiten, ihre Online- und TV-Dauer – und ob sie irgendetwas regelmäßig konsumierte. Zigaretten?

Tabletten? Alkohol? Drogen?
Lukje verneinte alles, aber ihr Blick wich aus, ihre Stimme
zitterte.

Milan legte den Block beiseite.
„Magst du mir erzählen, wie's dir gerade geht? Kein
Roman – nur so... dein Gefühl für diesen Tag."
Lukje dachte kurz nach.

„Wie eine Mischung aus Schlafwandeln und
Gegenwind."

Zu ihrer Überraschung nickte Milan nur. Keine
Nachfrage. Kein Grinsen. Kein Notieren.
Stattdessen:
„Wie lange schon?"
„Seit wir hergezogen sind. Berlin ist weg. Jetzt ist hier.
Und hier ist… anders. Zu laut. Zu still. Zu wenig. Zu
viel."
„Bist du allein damit?"
„Nein. Mein Vater ist okay. Jaro sowieso. Fenja ist
besser als gedacht. Und… na ja. Ich halt."
Sie schämte sich, so abgehackt zu sprechen. Als wäre sie
nicht in der Lage, ganze Sätze zu bilden. Aber Milan ließ
sie einfach reden, ohne sie zu korrigieren.

„Und deine Mutter?" fragte er nach einer Weile. „Ich
durfte sie kurz draußen kennenlernen. Sie fehlt in deiner
Aufzählung. Ist sie da?"
Lukje zögerte.
Wie sollte man das beantworten?
„Sie ist nicht weg. Sie ist nicht wirklich da. Und sie
geht."

Milan nickte leicht – keine Überraschung, kein Urteil.
Statt Unverständnis kam nur:

„Und das ist schlimm? Oder erleichternd? Oder
beides?"

„Kommt auf den Tag an."

Er machte sich leise ein paar Notizen. Kein Stift-
Gekratze. Kein hektisches Kritzeln.

Fast eine Stunde lang unterhielten sie sich. Nicht alles
konnte Lukje beantworten. Aber das schien nicht schlimm
zu sein.

Zum Schluss fragte Milan:
„Darf ich dich noch mal sehen? Vielleicht zwei-, dreimal?
Ohne Verpflichtung. Einfach nur, wenn du magst?"

„Ich weiß noch nicht. Vielleicht."

„Das reicht mir. Wenn wir merken, unsere Gespräche
tun dir gut, machen wir weiter. Wenn nicht – dann nicht.
Beides ist in Ordnung."

„Was ist mit der Schule?" fragte Lukje. Die Frage hatte
sie die ganze Zeit mitgetragen.

Milan lächelte.

„Ich schreibe der Schule, dass du kein Risiko bist. Dass du
reflektierst, fühlst, denkst.

Dass du Menschen hast, die dir guttun. Ich empfehle,
dein Sozialprojekt nach den Sommerferien zu beenden –
damit du dich auf das konzentrieren kannst, was wirklich
wichtig ist: du selbst."

Als Lukje die Tür schloss, saß Sabrina noch immer auf
demselben Stuhl.

Sie stand auf, sah ihre Tochter an – kurz, vorsichtig.

„Alles okay?"

„Geht schon", sagte Lukje und wandte sich ab.

Milan trat zu Sabrina. Locker, aber ernst.

„Nur kurz, Frau Hansen: Ihre Tochter war klar. Offen. Und sehr reflektiert."

Sabrina nickte.

„Sie hat sich für zwei bis drei weitere Gespräche entschieden. Ich halte das für eine sehr gute Idee."

„Mein Mann und ich werden darüber reden. Wenn Lukje das möchte, sind wir einverstanden."

„Gut. Diese ersten Gespräche gelten als Probegespräche – zum Kennenlernen, zum Abtasten. Falls Lukje danach weitermachen möchte, würde ich direkt den Antrag auf ambulante Psychotherapie stellen. Damit wir ohne Unterbrechung weitermachen können. Langfristig gedacht, aber ganz in ihrem Tempo."

Sabrina wirkte erleichtert, aber erschöpft.

„Wenn Sie ein Elterngespräch möchten, gern – telefonisch, hier oder in meiner Praxis. Nur eines ist mir wichtig: Ich bin Lukjes Therapeut. Und unterliege der Schweigepflicht. Auch gegenüber Ihnen."

Sabrina nickte, etwas reserviert.

„Ja. Das verstehen wir."

„Danke. Lukje kommt nächste Woche wieder. Und übernächste auch. Alles Weitere sehen wir dann."

Ein respektvoller Händedruck.

Ein Nicken.

Dann war der Termin vorbei.

Kapitel 43

„Manche Geschenke knistern nicht in Papier – sondern in Holzspänen und Herz."

In Uwes Garage herrschte das akustische Äquivalent zu einem mittelgroßen Hausabriss. Metall klirrte, Schleifpapier röchelte über altes Holz, ein Hammer fiel – gefolgt von einem dumpfen Fluch.

„Na, ich hoffe, das wird ein Stuhl!", rief Finn, der gerade über einen Pinsel stolperte und sich an einem Farbtopf abfing.

Jaro lachte. „Was soll's denn sonst werden?"
„Eine Hühnerleiter. Für unseren Chicken-Hunter." Finn klopfte Jaro herzhaft auf die Schulter.

Sie lachten laut. Dann wieder Stille. Konzentriertes Arbeiten.

Jaro zog eine Leiste zurecht, prüfte den Winkel. Finn fixierte sie mit einer Zwinge.
„Denk dran", sagte Jaro. „Der ist für Lukje."
Finn nickte. „Dann darf das Ding nicht wackeln. Sonst fällt sie – und wir machen uns zum Horst des Jahres."
„Deshalb schleifen wir jede Kante doppelt", sagte Jaro.
„Und setzen die Streben so, dass sie einem Erdbeben standhalten."

Fenjas Kopf erschien in der Tür. „Mama fragt, wie lange ihr noch braucht. Abendbrot ist gleich fertig. Britta kommt auch gleich."

„Wir kommen gleich", antwortete Finn.

Der Weg zum Abendessen war gepflastert mit Widerstand – Duschen, Umziehen, Haare waschen. Britta bestand darauf.

Finn fluchte, als er feststellte, dass seine Jogginghose ein Loch hatte.
„Wird ja kein Galaabend", kommentierte Britta trocken.

Als sie endlich am Tisch saßen, waren die anderen schon beim Kaffee.

Fenja verabschiedete sich von Britta – ein TikTok-Livestream rief. Die Jungs wirkten erschöpft, aber zufrieden. Der Stuhl stand – noch nicht fertig, aber stabil. Jetzt fehlten nur Anstrich und das gewisse Extra. Als Finn später ging, sah Britta ihre Schwester an. „Na, habt ihr euch ein bisschen anfreunden können mit seiner Entscheidung?"

Jutta zuckte mit den Schultern. „Nicht so richtig. Wir wollen, dass Finn es mal gut hat. Ohne Dreck. Ohne Schwielen. Versteht das keiner?"

„Doch", sagte Britta. „Aber das Leben ist nicht schwarz-weiß. Bei euch klingt's, als wolle er Hilfsarbeiter werden. Was spricht gegen eine gute Ausbildung, Fortbildung, ein späteres Studium? Vielleicht hat er früher eine eigene Firma als mancher Masterabsolvent einen festen Job."

Jutta seufzte. „Mich hast du fast überzeugt. Aber für Uwe ist's schwer. Er denkt an seinen Vater. Und an die Kunden heute. Rechnungen, die keiner zahlt.
Du weißt, was damals in der alten Firma los war. Ich war froh, als er da raus ist."

„Dann informiert euch. Nicht aus Angst – mit Vertrauen. Vielleicht überrascht euch Finn."
Jutta schwieg. Dann: „Vielleicht."

Später, als der Tisch abgeräumt und das Haus zur Ruhe gekommen war, saß Jaro allein im Garten. Der Himmel dämmerte, die Luft war mild.

Auf seinem Handy: der Chat mit Lukje.

moin.mondkind
Finn und ich haben gebastelt.
…

Dazu zwei Fotos – Holzspäne, Leim, staubige Schuhe. Kein fertiges Objekt. Nur Chaos. Und Herz.

Lukje030
Elif hatte mal einen Hamster, der sah genauso aus, nachdem er sich durch die Sägespäne in seinem Käfig gewühlt hatte.
…

moin.mondkind
War der Hamster so süß wie ich – oder bin ich so niedlich wie der Hamster?
….

Die Terrassentür klackte.

„Jaro?"

„Bin draußen!"

Er steckte das Handy ein, stand auf, strich sich durchs Haar.

Zeit, nach Hause zu fahren, zu duschen – und nicht mehr auszusehen wie Elifs Hamster.

Kapitel 44

„Manche Kriege beginnen nicht mit einem Schrei – sondern mit einer Butterbrotszene."

Das Abendessen war vorbei, bevor es richtig begonnen hatte.

Lukje hatte kaum mehr als eine Tomatenscheibe gegessen, ein Stück Brot mit Butter, dann war sie gegangen. Nicht unhöflich. Nur schnell. Zu schnell.

„Ich bin müde", hatte sie gesagt. „Ich geh hoch."

Oben fiel sie aufs Bett.

Unten blieb der Tisch gedeckt.

Sabrina schob einen Zwiebelring über den Teller, Björn hatte sich zurückgelehnt, die Arme verschränkt. Keiner sprach. Nicht aus Trotz, sondern weil die Worte irgendwo zwischen Brotkrümeln und Mozzarella klebten.

Björn fand als Erster die Sprache wieder.

„Danke, dass du den Termin heute wahrgenommen hast. Für mich war die Uhrzeit leider nicht einzurichten."

Sabrina nickte, sah ihn aber nicht an.

Björn sprach einfach weiter.

„Was hast du für einen Eindruck von diesem Milan... wie war sein Nachname?"

„Großmann", antwortete Sabrina abwesend.

Björn runzelte die Stirn. So ruhig kannte er sie nicht.

„Sabrina, ist alles okay?"

Ihre Schultern strafften sich. Sie sah ihn an.

„Ich möchte, dass Lukje Ela kennenlernt. Sie wird bald Teil ihres Lebens sein – was sage ich: Sie ist es schon. Egal, ob ihr beide sie totschweigt oder nicht. Ich verstehe, dass das für dich schwierig ist, und ich bringe Ela nicht mit hierher, wenn sie mich besucht. Aber Lukje muss sie kennenlernen. Sie gehört jetzt zu mir und meinem Leben. Das verstehst du doch, oder?"

Björn sah sie ruhig an.

„Natürlich verstehe ich das. Aber das ist etwas zwischen euch beiden. Ich kann Lukje nicht zwingen. Sie wird sechzehn. Sie trifft ihre Entscheidungen inzwischen meist selbst – und die gefallen uns nicht immer."

Er holte tief Luft.

„Und da wir beim Thema Geburtstag sind: Ich möchte ihr den Wunsch nach einem Haustier erfüllen. Sie hat lange gewartet. Sie hat akzeptiert, dass das früher schwierig war – weil ich nur an den Wochenenden da war und du eingespannt warst, zwischen Muttersein, Arbeit und… Fremdbetreuung."

„Fremdbetreuung?" Sabrinas Stimme war spöttisch. „Du meinst meine Eltern?"

„Ach, hör auf. Du weißt, wie ich's meine. Leg nicht jedes Wort auf die Goldwaage. Ich hatte Verständnis dafür, dass wir nach deinen Regeln gespielt haben, solange du die Hauptlast getragen hast. Aber jetzt bin ich da. Ich habe meine Arbeitszeiten angepasst. Für Lukje wäre ein Tier eine emotionale Stütze. Und ich selbst wollte schon immer einen Hund. Wir hatten zu Hause immer einen."

„Einen Hund?" Sabrina starrte ihn an.

„Björn, ich dachte, du redest von einem Kaninchen oder so. Etwas im Käfig, das man mitnehmen kann. Wofür Lukje allein zuständig wäre. Aber ein Hund? Warum nicht gleich ein Pony? Oder ein Alpaka?

Bravo, Björn. So viel Gemeinheit hätte ich dir nicht zugetraut. Damit sie noch entschlossener hierbleiben will? Nein. Da spiele ich nicht mit."

Björns Ton klang kälter, als er wollte.

„Wenn ich einen Hund anschaffe, Sabrina, dann ist das so. In Berlin haben wir nach deinen Regeln gelebt. Aber hier... hast du eine Stimme, ja – aber vielleicht wirst du überstimmt. Von Lukje. Und von mir."

Sabrina schob den Stuhl zurück, laut, wütend.

„Du spinnst doch!", rief sie, stürmte aus der Küche, knallte die Tür zu und lief die Treppe hinauf ins Badezimmer.

Oben, unter der Dusche, ließ sie ihren Tränen freien Lauf.

Ja, sie wusste, wie sehr sich Lukje und Björn ein Tier gewünscht hatten.

Immer hieß es: *„Wenn wir erst einmal zusammenwohnen, dann..."*

Aber jetzt – jetzt fühlte es sich unfair an.

Ob Björn das als Kriegserklärung meinte oder nicht: Der offene Kampf um Lukje hatte begonnen.

Kapitel 45

„Manchmal braucht es keine Lösung – nur einen Menschen, der bleibt, wenn es dunkel wird."

Björn hatte sich lange nicht mehr so erschöpft gefühlt wie an diesem Abend.
Nicht nur körperlich – geistig. Innerlich müde. Leer. Und gleichzeitig aufgewühlt, als hätte jemand den Strom nicht ausgeschaltet, sondern nur das Licht gedimmt.

Er saß am Küchentisch und starrte in seinen leeren Kaffeebecher.

Die Auseinandersetzung mit Sabrina hallte nach wie ein schiefer Akkord. Der Vorwurf, er würde Lukje manipulieren, ließ ihn nicht los.

Ein Hund. Es war doch nur ein Hund. Oder?
Und es war ja nicht nur Lukjes Hund. Es war auch seiner.
Einer, auf den er sich seit Jahren gefreut hatte. Für den er Platz gemacht hatte. Nicht nur im Haus. Im Leben.

Er hatte gearbeitet, gespart, organisiert. Doch nicht für sich. Alles für sie drei.
Für Sabrina. Für Lukje. Für das, was sie Familie nannten.

Und dann kam Ela.
Und Sabrina ging. Verliebte sich neu. Betrog ihn.
Wie lange schon?
Wie oft hatte sie gesagt, sie müsse länger in der Klinik bleiben? Noch ein Spätdienst. Noch ein Meeting.

Und jetzt?
Jetzt will sie Lukje einfach mitnehmen. Ihm wegnehmen.
Als sei das eine logische Konsequenz. Nicht
verhandelbar. Einfach: beschlossen.

Wenn er jetzt das Gefühl hätte, dass auch Lukje sich das
wünschte, dann würde er mit dem Schmerz einfach
klarkommen müssen.
Aber dem war nicht so.

Er griff zum Handy, tippte eine Nachricht – und
löschte sie wieder.
Dachte kurz an seinen Bruder. Aber der war mit Midlife-
Crisis und Segelboot beschäftigt. Keine Hilfe.

Er atmete tief durch. Dann öffnete er einen neuen Chat:

B.Hansen
Hallo Britta, hast du morgen Zeit für mich? Ich bräuchte
mal ein bisschen... Normalität. Oder wenigstens deinen
Blick auf eine Sache.
…

b.ell
Bin morgen ab 14 Uhr in der Schule, davor noch
Korrekturen. Leider. Abends gern. Was ist los?
…
B.Hansen
Nicht textbar. Ich lad dich auf einen Tee ein. Oder Wein.
Oder beides.
…

b.ell
Okay. Aber ich bringe die Kekse mit.
…

⁎⁎

Sie trafen sich am nächsten Abend.

Keine große Sache. Kein Anlass. Kein Event.
Nur eine Tasse dampfender Kräutertee in seinem
Wohnzimmer, ein offenes Fenster, eine Decke auf dem
Sofa, die keiner benutzte.

„Danke, dass du gekommen bist", sagte Björn, ohne
Einleitung.

Britta nickte nur, legte die Kekse auf den Tisch und
öffnete die Tüte mit einem Knacken, das wie ein
Gesprächsbeginn wirkte.

„Was ist passiert?", fragte sie schließlich. Sanft. Ohne
Neugier – nur mit Raum.

Er erzählte.
Von Sabrina. Vom Streit. Vom Hund.
Und dann brach es aus ihm heraus – nicht geplant, nicht
geordnet, aber ehrlich.

Er redete und redete. Als spräche er zu sich selbst. Er sah
Britta nicht an, starrte in seine Tasse oder auf den Tisch
oder irgendwohin, wo keine Antwort auf ihn wartete.

Und Britta?
Die hörte einfach zu. Sie unterbrach ihn nicht. Fragte
kaum.

Nur manchmal legte sie eine Hand auf seinen Unterarm. Ganz leicht.

Als wolle sie sagen: *Ich bin hier. Ich halte das mit dir aus.*

Er musste das loswerden. Alles.

Ob es richtig oder falsch war – egal.

Ob gerechtfertigt oder nicht – egal.

Er fühlte das genau so. Und das musste raus.

Am Ende lehnte er sich zurück. Wirkte plötzlich sehr müde. Und sehr leer.

„Ich will Lukje kein Alibi schenken, um hierzubleiben", sagte er leise.

„Ich will ihr ein Zuhause geben."

Britta sah ihn lange an. Dann sagte sie:

„Vielleicht ist das manchmal dasselbe."

Björn lachte kurz auf. Nicht laut. Nur dieses müde, durch-die-Nase-Lachen, das keinen Platz mehr im Herz findet.

„Du und deine Sätze", murmelte er.

„Ich sammle sie. Für später."

„Schreib ein Buch."

„Du schreibst gerade deins", sagte Britta.

Und sah ihn an. Nicht fordernd. Nur ehrlich.

Es war kein Moment für Romantik.

Aber ein Moment für Nähe.

Und das war vielleicht sogar mehr.

Sie redeten noch lange.

Nicht laut. Nicht dramatisch. Kein Schlagabtausch.

Es war eher ein sich vortastendes Erzählen, ein Gedankengeflecht aus Fragen, Erinnerungen, Schuld und Trotz.

Britta hütete sich, ihm gute Ratschläge zu geben.

Die brauchte er nicht.

Die hätte er auch nicht angenommen.

Was er brauchte, war jemand, bei dem er das alles einmal rauslassen konnte.

Ungefiltert. Roh. Echt.

Also stellte sie nur Fragen.

Gute Fragen.

Fragen, die nicht gleich Antworten verlangten.

Fragen, die in ihm nachhallen würden.

Fragen, die ihn in den nächsten Tagen um den Schlaf bringen würden.

Aber das war in Ordnung.

Denn das hieß:

Er dachte noch.
Er fühlte noch.
Er war noch da.

Und vielleicht – war das der Anfang von dem, was jetzt gebraucht wurde.

Nicht Kontrolle. Nicht Kampf.

Sondern Klarheit.

Und jemand, der bleibt, wenn es dunkel wird.

Kapitel 46

„Manche Wahrheiten kommen nicht durch die Tür – sie brechen sie auf."

Sabrina stand in der Tür. Zwei Tassen Tee in den Händen. Kamille. Wie jedes Mal, wenn sie nervös war.

„Hast du kurz Zeit?", fragte sie. „Ich würde gern mit dir reden."

Lukje saß auf dem Bett, Kopfhörer um den Hals, das Handy locker zwischen den Fingern. Sie hob den Blick, musterte ihre Mutter, dann nickte knapp. „Okay."

Sabrina stellte die Tassen ab, setzte sich auf den Schreibtischstuhl. Ihre Haltung war kontrolliert, aber ihre Augen verrieten sie. Sie wirkte, als hätte sie dieses Gespräch hundertmal geübt. Und immer vermieden.

„Ich weiß nicht, wie ich anfangen soll", begann sie leise. „Vielleicht damit, dass ich dir etwas verschwiegen habe. Und dass es mir wirklich sehr leid tut."

Lukje sagte nichts.

„Du weißt ja ... es gibt da jemanden. In meinem Leben."

„Ela", sagte Lukje tonlos.

Sabrina erstarrte. „Woher ..."

„Mobbing ist manchmal schneller als Google. Und effizienter."

Sabrina schloss kurz die Augen. „Ich wollte es dir selbst sagen. Bitte, das musst du mir glauben. Nie wollte ich dich einfach übergehen, aber ich hatte Angst. Große Angst davor, dass du mich nicht verstehst."

„Ich lehne dich doch nicht ab ...", sagte Lukje ruhig. „Ich mag's nur nicht, wenn man mich anlügt. Oder so tut, als wäre ich eine Vierjährige, die nicht merkt, was los ist." *Und du mich jedes Mal vor vollendete Tatsachen stellst*, dachte sie zu Ende.

„Ja", sagte Sabrina leise. „Du hast recht. Bitte lass uns versuchen zu reden."

„Und jetzt bist du ehrlich?" Lukjes Frage klang schärfer, als sie das beabsichtigt hatte.

„Ich versuche, dir alle Fragen zu beantworten."

„Seit wann geht das mit ... also mit Ela?"

Sabrinas Gesichtsfarbe wechselte. Damit hatte sie nicht gerechnet. „Also ..."
Pause.

Lukje zog die Augenbrauen hoch. Ihre Mutter wand sich, und obwohl sie Mitleid hatte, hätte sich das alles vermeiden lassen. Vor Wochen schon.

„Wir kennen uns seit zwei Jahren."

Lukjes Ohren rauschten. Ihre Hände ballten sich zu Fäusten. Das war doch jetzt nicht wahr? Dann platzte es aus ihr heraus:

„Wow. Super, Mama. Bist echt 'ne Gute."
Sie lachte – kurz, hämisch, ohne jede Freude.
„Du betrügst Papa seit zwei Jahren? Lässt ihn das Haus bauen, mich alles verlieren, was ich kannte – nur um dann abzuhauen? Nach Berlin? Mit ihr?"
Lukje zitterte vor Wut. Am liebsten hätte sie ihr die Worte ins Gesicht gespuckt.
„Du hasst mich, oder?"

„*Lukje ...*"
Ihre Stimme war kaum mehr als ein Hauch. Das Gesicht leichenblass, die Lippen bebend.
„Ich hatte mich von Ela getrennt in Berlin und bin mit Euch hierher gekommen. Weil ich das hier wirklich wollte. Das ist die Wahrheit. Aber… ich liebe sie."

Und dann weinten sie – beide.

Sabrina wischte sich zuerst die Tränen ab, schnäuzte sich laut.

„Schatz. Mäuschen, bitte – ich verlasse dich doch nicht. Wie kommst du darauf? Das würde ich niemals tun."

„Ach, komm." Lukje schüttelte den Kopf, ihre Stimme klang müde.
„Papa und du seid getrennt, Ela und du habt bereits eine Wohnung gemietet, zu den Sommerferien zieht ihr um … dein Job in der Klinik ist gekündigt. Habe ich was vergessen?"

„Aber ja! Das Wichtigste hast du vergessen."
Sabrina lächelte – zu schnell. Zu glatt. Als hätte sie den
entscheidenden Punkt gerade selbst verstanden.
„Was glaubst du denn von mir? Du kommst natürlich
mit. Ich würde dich niemals zurücklassen."
Erwartungsvoll sah sie ihre Tochter an.

Lukje spürte, wie der Boden unter ihr schwankte. Alles
in ihr wurde taub.

„*Nein*", sagte sie tonlos.
„Nein! Du kannst mich mal. Zieh mit deiner Freundin
wohin du willst – aber ich bleibe hier.
In meinem Zimmer, in unserem Haus. Bei Papa. Bei Jaro.
Bei meinen Freunden."

Doch sie war noch nicht fertig.
„Und Oma und Opa? Wissen die überhaupt schon von
deinen Plänen? Von deiner Freundin?"

Ihre Stimme wurde fester.
„Die wollen uns in den Sommerferien besuchen –
erinnerst du dich?
Es gibt ein eigenes Zimmer für Omi und Opa. In unserem
Zuhause. Selbst die Ausflüge sind schon geplant. Papa
hat sich dafür frei genommen."

Jetzt vibrierte ihre Stimme. Wurde laut.
Lukje, die sonst so stille Lukje, redete sich in Rage.

„Ich habe wegen dir alles verloren. Meine alten
Freunde. Mein Zuhause. Nur Elif schreibt noch. Alle
anderen haben mich längst vergessen.

Und du meinst, ich mache das noch mal durch? Wegen einer … Ela? Vergiss es."

Sabrinas Reaktion kam wie ein Peitschenknall:

„Dreh mir nicht die Worte im Mund herum.

Und ich verbiete mir jetzt auch langsam deine Anschuldigungen.

Was denkst du eigentlich von mir? Warum redest du so mit mir? Es reicht mir wirklich mit dir und deinem Vater!"

Einen Moment lang war es still.
Dann riss bei Lukje der letzte Halt:

„RAUS! Das ist mein Zimmer!"

Lukje schob ihre Mutter zur Tür – energisch, zornig, außer sich – und knallte sie hinter ihr zu.

Und dann …
dann weinte sie.
Laut, schluchzend zuerst. Dann, wie erschrocken vor sich selbst, nur noch unterdrückt.
Beinahe lautlos.

Kapitel 47

„Aber bitte mit Sahne… Törööö!"

Es war Freitag. Lukjes Geburtstag.

Björn hatte sich freigenommen, da er am Vortag zu einer Vorlesung in Hamburg unterwegs gewesen war und heute erst wieder kam.

Sabrina war morgens und mittags zu Hause – sie hatte Spätdienst, ein voller 24-Stunden-Dienst bis Samstagabend. Trotzdem hatte sie sich Mühe gegeben. Mehr als sonst. Auch wenn ihr so ein Chichi eigentlich nie gelegen hatte.

Spät am Abend war sie noch in der Küche gestanden, hatte Kuchen gebacken und verziert. Der Tisch war geschmückt, eine Girlande hing über Lukjes Platz. Luftballons lagen verstreut. Sechzehn wurde man schließlich nur einmal.

Eine Viertelstunde früher als sonst ging Sabrina nach oben. Sie wusste, es war ein heikles Unterfangen – Lukje und frühes Aufstehen hatten noch nie gut zusammengepasst. Aber heute wollte sie einen guten Anfang machen. Wenigstens das.

In der Hand trug sie eine kleine Schmuckschachtel. Darin: das erste richtige Schmuckset für ihre Tochter. Zartes Gold, eine kleine Perle an Armband, Kette und Ohrringen. Stilvoll. Dezent.
Ein Geschenk von Ela und ihr.

Dazu eine Karte von Oma und Opa und als Geschenk eine Bahncard für ihre Enkelin. Dazu gedacht, damit Lukje sie öfter in Berlin besuchen konnte. Jetzt würde Lukje sie wohl eher dazu verwenden, ihren Vater hier zu besuchen. Auch gut, dachte Sabrina. Das Geld war nicht rausgeschmissen, Grevensand war schließlich nicht am Ende der Welt.

Sie trat leise in das Zimmer, zog die Jalousien hoch. „Alles Gute zum Geburtstag", sang sie, ein wenig unsicher, ein wenig müde.
„Du musst aufstehen, Küken. Der Geburtstagskuchen wartet."

Aber ihre Tochter war längst aufgestanden – und blockierte das Bad.
Ein deutliches Zeichen: Lukje wollte nicht mit ihr sprechen.

Sabrina ging zurück in die Küche und beschloss zu warten.
Gerade als sie sich die zweite Tasse Kaffee eingoss, knallte die Haustür.
Lukje war weg.
Ohne *Hallo*, ohne *Guten Morgen*, ohne *Tschüss*.

Sabrina versuchte, ihre Enttäuschung wegzuschieben.
Dann eben heute Nachmittag. Nach dem Dienst.
Sie atmete durch.
„Ach Kind, was machst du nur?"

Ob alle pubertierenden Kinder so anstrengend waren?

Lukje ging inzwischen gerne in die Schule.
Als sie mit Jaro am vertrauten Cliquen-Mäuerchen
ankam, warteten die anderen schon.

Finn, Fenja, Mara und Jaro stimmten ein schräges,
wenig schönes „Happy Birthday" an, und Fenja
überreichte ihr einen roten Herzluftballon.
„Für die Pause habe ich noch was Besonderes für dich",
sagte sie – und strahlte fast mehr als Lukje selbst.

Jaro beugte sich zu ihr hinüber und flüsterte:
„Eine pappsüße, knallbunte, Elefanten-Sahnetorte. Die ist
bei uns Tradition. Bis du ungefähr achtzig bist. Törööö!"

Alle lachten.

In diesem Moment kam Simon vorbei. Er öffnete
gerade den Mund für einen Spruch, doch Finn stellte ihm
beiläufig ein Bein.
Simon strauchelte, fing sich – und ließ es gut sein.

„Keine Angst, der wird dich in Zukunft in Ruhe
lassen", sagte Finn trocken.

Mich vielleicht, dachte Lukje.

Und trotzdem: Es war tröstlich zu sehen, wie sich
manche Dinge auflösten.
Einfach so.
Wegen Gemeinschaft.
Wegen Zusammenhalt.
Wegen Menschen, die nicht wegsahen.

Zum Mittagessen war Lukje wieder zu Hause.
Björn war am späten Vormittag angekommen und hatte
unterwegs für alle Hähnchen mit Pommes mitgebracht.

Während Lukje in der Küche mit ihren Großeltern in
Berlin telefonierte und sich für das Geschenk bedankte,
packte Björn unbemerkt ein paar Stückchen
Hühnchenfleisch in einen Frühstücksbeutel und ließ ihn
in seiner Jackentasche verschwinden.

Sabrinas Gesicht verfinsterte sich.

„Björn", sagte sie scharf, kaum hörbar. „Lass es. Bitte.
Lass uns hier nicht Krieg führen. Wir haben es bis hierher
relativ friedlich geschafft. Denk darüber nach."

„Wir müssen darüber nicht mehr streiten", erwiderte
Björn knapp. „Nicht um ein Haustier. Das zieht heute
noch ein."

Sabrina biss so fest die Zähne aufeinander, dass ihr die
Kiefergelenke schmerzten. Aber sie hatte keine Zeit mehr,
es auszukämpfen – ihr Dienst begann in wenigen
Minuten. 24 Stunden. Bis Samstagnachmittag.

Nach dem Essen räumten sie gemeinsam den Tisch ab.
Sabrina verabschiedete sich.

„Habe einen schönen Tag, Küken", sagte sie leise an
der Tür.

Lukje nickte.

„Danke", murmelte sie. „Auch für das schöne Geschenk."

Keine Umarmung. Kein Streit. Nur Distanz.

Kapitel 48

„Manchmal findet dich die Liebe in einem Käfig – mit großen Augen und kleinen Pfoten."

Björn blieb zurück und beobachtete sie unauffällig.
„Wie sieht's aus?", fragte er schließlich.
„Lust auf einen kleinen Ausflug? Nur du und ich?"

„Wohin?", fragte Lukje misstrauisch.
„Überraschung", sagte Björn schlicht.
„Halb drei fahren wir los. Es hat nichts mit Schule zu tun, nichts mit Menschenmengen – und du musst dich nicht schick machen."

„Na toll", murmelte Lukje. „Klingt nach Wandern."
„Schlimmer", sagte Björn mit todernstem Gesicht.
„Meditatives Steinsammeln."
„Ich pack schon mal die Yogamatte", konterte Lukje.

Im Auto konnte sie ihre Neugier dann doch nicht verbergen.
Als Björn von der bekannten Straße abbog und über eine holprige Seitenstraße fuhr, runzelte sie die Stirn.

„Fährst du falsch oder hast du dich von Jaro navigieren lassen? Ey, du willst mich aussetzen – gib's zu."

Björn schwieg.
Doch ein Grinsen zuckte um seine Lippen.

Erst als sie das Schild sah – *Tierheim* – wurde es ihr klar.

Ihr Blick flog zu ihrem Vater, dann auf den Rücksitz. Dort, in einem großen Karton, der nicht richtig zu war: ein Körbchen, Näpfe, eine Leine. Ein quietschbuntes Spielzeug.

„Papa…?"

„Ich habe noch kein Halsband oder Geschirr", sagte Björn ruhig. „Ich wusste ja nicht, wer es wird. Nicht zu klein, nicht zu groß, gerne ab vier, fünf Jahren. Vielleicht eine Hündin. Das war so ungefähr der Plan."

Lukje sagte nichts. Sie schluckte nur – und starrte wieder aus dem Fenster.

„Wenn du natürlich lieber ein Meerschweinchen willst…", setzte Björn an.

„Ein Meerschweinchen?", entfuhr es ihr. „Papa!"

„Na ja", murmelte er, „das Gesicht meiner Kollegen, wenn ich mit einem Büro-Meerschweinchen aufkreuze, das hätte auch was."

Im Tierheim wurden sie freundlich empfangen – freundlich, aber wachsam. Eine junge Frau mit blondem Zopf, Namensschild und Klemmbrett bat sie in ein kleines Büro. Die Fragen kamen direkt.

„Muss der Hund regelmäßig mehr als fünf Stunden am Tag allein bleiben?"

„Nein", sagte Björn sofort. „Er kommt mit ins Büro."

Die Frau nickte. „Ist der Vermieter mit der Hundehaltung einverstanden?"

„Eigenheim mit Garten. Ausbruchsicher eingezäunt."

„Sind alle Mitglieder der Familie mit der Anschaffung eines Hundes einverstanden?"

Björn zögerte nicht, ehrlich wie er war antwortete er: „Nein. Meine Frau nicht."

Der Kugelschreiber der Tierheimmitarbeiterin stockte in der Luft. Ihr Blick wurde schmal. Für einen Moment sah es so aus, als sei das Gespräch vorbei, bevor es richtig begonnen hatte.

Doch bevor Björn etwas ergänzen konnte, war Lukje zur Stelle. Ihre Unterlippe bebte ganz leicht, und drei sorgfältig platzierte Tränchen sammelten sich in ihren Augenwinkeln

„Meine Mama… hat uns verlassen", sagte sie leise. „Sie zieht nach Berlin."

Es war ein Satz wie aus einem Drehbuch. Der Blick, den die Mitarbeiterin ihr zuwarf, war filmreif – voller Mitleid, Verständnis, vielleicht auch ein bisschen Beschützerinstinkt. Dann wanderte ihr Blick zu Björn. Was sie dort sah, war offenbar genug.

Sie räusperte sich.
„Okay. Dann schauen wir mal, wer zu euch passen könnte."

Sie führte sie durch die Gänge.
Es roch nach Reinigungsmitteln, nassem Hund, nach
Futter – und nach einer leisen Verzweiflung, die in den
Augen mancher Tiere lag.

Einige bellten, sprangen gegen die Gitter, wedelten,
buhlten um Aufmerksamkeit.
Andere lagen zusammengerollt auf ihren Decken und
schauten weg.

„Ich will sie alle mitnehmen", murmelte Lukje.
„Ich weiß", sagte Björn. Mehr musste man nicht sagen.

Am Ende eines Gangs blieb Lukje stehen.
Kein Laut. Keine Bewegung.
Nur ein aufmerksames kleines Wesen auf vier Pfoten,
dass sie bereits beobachtete, bevor sie überhaupt stehen
blieb.

„Die ist neu", sagte die Mitarbeiterin.
„Ein Jack-Russell-Chihuahua-Mix. Etwa zwei Jahre alt.
Viel kann ich Ihnen nicht über sie sagen. Sie wurde
abgegeben. Soll sehr temperamentvoll sein – vermutlich
waren die Besitzer überfordert. Sie heißt Pippa."

Pippa saß aufrecht. Schwarz-weiß. Kurzhaarig.
Fledermausohren.
Die Figur erinnerte an ein Spanferkel auf graziler Mission.

Die Rute trug sie wie eine winzige Fahne über dem
Rücken.
Kein Schwanzwedeln. Kein Gitterrütteln. Kein Bellen.

Nur dieser intensive Blick, der Lukje durch und durch ging. Wach. Neugierig. Schlau.
Als hätte sie die Szene längst analysiert – und würde nun abwägen, ob diese beiden Menschen da draußen es wert waren, sich zu bewegen.

„Papa?"

Lukje kniete sich vor den Zwinger.

„Ach du meine Güte", sagte Björn und trat näher. „Was ist das? Ein Hund oder eine Katze?"

Er zog die Stirn kraus.
„Lukje, ehrlich – ich habe mir für unseren ersten Hund ein bisschen … *mehr* Hund vorgestellt."

Lukje lachte leise.
„Ich auch. Aber schau dir nur mal an, wie sie uns anschaut."

Björn nickte.
„Ein Blick, so durchdringend wie von einem alten Schamanen."

„Lass sie uns mit rausnehmen, Papa. Nur testweise. Bitte."

Die Mitarbeiterin nickte, holte Halsband und Leine. „Sie kennt kein Geschirr – das müssen wir, also Sie, wenn Sie die Kleine nehmen, erst üben. Sie ist sehr lieb, aber scheint generell noch nicht viel zu kennen."

Lukje nickte eifrig.

Wenig später trug die Frau die kleine Pippa hinaus in den eingezäunten Auslauf.
Als sie Lukje die Leine überreichte und deren Augen zu leuchten begannen, seufzte Björn leise.
„Adieu, du schöner langhaariger Schäferhundmischling."

Die Mitarbeiterin folgte seinem Blick und sagte leise: „Wenn es Sie tröstet – man bekommt nie den Hund, den man sucht. Sondern immer den, den man braucht."

Kapitel 49

„Wer wagt, zu hoffen, hat die Zukunft schon betreten."

Lukje wusste nicht, wann sie sich das letzte Mal so gefreut hatte. So uneingeschränkt, so tief im Herzen.

Die kleine Pippa hatte sich wie ein Kätzchen auf ihrem Schoß zusammengerollt und schlief tiefenentspannt – ein zierliches, warmes Bündel Vertrauen.

Björn fuhr seine beiden kostbaren Schätze besonders vorsichtig nach Hause, als würde jede Bodenwelle zu viel sein.

Zuhause angekommen, trug Björn zuerst die Erstausstattung ins Haus – Körbchen, Näpfe, Decke, Spielzeug. „Gehst du mit ihr kurz in den Garten?", bat er seine Tochter. „Damit sie sich lösen kann. Aber bitte erst mal an der Leine, ja?"

Er warf einen Blick zum Zaun. „Wir müssen morgen mal schauen, ob der Garten wirklich ausbruchsicher ist. Ich habe ja nicht mit so einem Zwerg gerechnet. Die passt wahrscheinlich durch jede Ritze."

Pippa erkundete selbstbewusst den Garten, die Rute stolz erhoben. Mit Lukje am anderen Ende der Leine sah es beinahe aus, als hielte sie eine lebendige Wünschelrute in der Hand. Björn lehnte sich an den Türrahmen und schmunzelte.

„Wer geht hier eigentlich mit wem spazieren?", fragte er. „Pass bloß auf, dass dich unser Bernhardiner nicht quer durch den Garten zerrt."

Lukje lachte. „Ich will nicht an dem Halsband zerren. Das soll nicht gut sein."

Björn stöhnte leise. „Lukje … sie geht nicht kaputt, nur weil sie mal ein bisschen Zug auf der Leine spürt."

„Aber sie ist so klein!"

„Erinnerst du dich an das Katzenkind neulich im Garten? Das war noch winziger. Und glaub mir – so eine handelsübliche Babykatze geht auch nicht kaputt, wenn man sie festhält."

Zum Glück entpuppte sich Pippa als völlig unkomplizierte Prinzessin – sie fand auf Anhieb ihren „goldenen Platz" im Garten und erledigte ihr Geschäft mit einer Selbstverständlichkeit, als wäre sie schon immer hier gewesen. Danach konnten sie endlich ins Haus.

Lukje freute sich darauf, ihr das Halsband abzunehmen und sie frei erkunden zu lassen. Wie sie wohl bisher gelebt hatte? Ob sie ein schönes Zuhause gehabt hatte? Jedenfalls zeigte sie keine Scheu – nicht vor Händen, nicht vor Füßen, nicht vor Stimmen. Alles konnte also nicht falsch gelaufen sein, auch wenn sie nun im Tierheim gelandet war.

Der Geburtstagsabend war einfach schön. Pippa zeigte sich tiefenentspannt und verputzte die sorgsam abgewogene Portion Trockenfutter, die sie im Tierheim gleich mitbekommen hatten.

Wenig später stand sie im Flur und starrte sehnsüchtig zur Garderobe.

Es dauerte einen Moment, bis bei Björn der Groschen fiel: Das Hähnchenfleisch war noch in seiner Jackentasche. Im Tierheim hatten sie völlig vergessen, dass sie eigentlich mit Bestechungsmaterial angereist waren. Die Belohnung hatte sie sich jetzt jedenfalls redlich verdient.

Björn kochte Tee, schnitt zwei Stücke vom Geburtstagskuchen ab und brachte alles ins Wohnzimmer. Pippas Körbchen hatte einen gemütlichen Platz neben dem Bücherregal bekommen – dort lag sie nun und benagte zufrieden einen Kauknochen.

Vater und Tochter machten es sich derweil mit Netflix auf der Couch gemütlich. Tee, Kuchen, später Cola und Chips – alles, was ein gemütlicher Abend braucht. Begeistert stellten sie fest, dass so ein kleiner Staubsauger auf vier Beinen echte Vorteile hat: Kein Krümel blieb liegen. Nicht einer.

„Danke, Papa. Du hast mir eine wahnsinnige Freude gemacht", sagte Lukje und kuschelte sich an seine Schulter.

„Nicht ganz uneigennützig", grinste Björn. „Ich habe mir ja auch einen Hund gewünscht. Und es war ausgemacht: Wenn das Haus fertig ist, kommt der Hund."

„Du, Papa … meinst du, es gibt hier eine Hundeschule in der Nähe? Ich würde so gern mit Pippa hingehen."

„Du? Freiwillig, allein unter fremde Leute?"

„Ich bin ja nicht allein. Ich geh mit Pippa hin", erwiderte Lukje schmunzelnd. „Ich erkundige mich mal, okay? Erst mal 'ne Probestunde."

Björn sah sie von der Seite an. „Bekommst du das denn in deinen Zeitplan rein? Dreimal pro Woche Sozialstunden, einmal die Woche zu diesem Großmann – und jetzt noch Hundeschule?"

„Die Sozialstunden gehen nur noch bis zu den Sommerferien", sagte Lukje schnell. „Bis dahin hat sich Pippa eingelebt, wir sehen, was mein Zeugnis sagt, und dann gucken wir mal nach einer Hundeschule. Ist das ein Plan?"

Björn nickte. „Das ist ein Plan."

„Das ist ein Plan", sagte Lukje – und staunte, wie vertraut sich dieses kleine Wort plötzlich anfühlte: Zukunft.

Kapitel 50

„Manche Tage beginnen mit einem Schnarchen – und enden mit einem Lächeln."

Am Samstagmorgen war Lukje so früh wach, dass selbst Pippa noch schlief. In stabiler Seitenlage, die Pfoten lang ausgestreckt, schnarchte sie leise wie eine alte Tante, am Fußende. Das Klicken der Kamera, Lukjes Seufzer und ihr „Oh mein Gott, bist du süß!" störten sie nicht im Geringsten.

Lukje machte ein Foto nach dem anderen. Pippa auf dem Rücken, mit verdrehten Hinterläufen, halb offenem Maul. Dazu ein Selfie – zerzauste Haare, aber das breiteste Lächeln seit Monaten.
Armes Mäuschen, dachte sie. Jetzt merkt man erst den Stress der letzten Tage. Tierheime sind kein Ort zum Entspannen.

Voller Stolz und ohne auf die Uhrzeit zu achten, schickte sie die Bilder an all die Menschen, die ihr wichtig waren.

An Mama: „Sie heißt Pippa. Und sie bleibt."
An Elif, mit knuddelndem Sticker.
An Jaro, drei Fotos, ein Kuss-Smiley, „Ich glaube, sie mag dich."
An Fenja: „Du musst sie bald kennenlernen. Bring Leckerli mit."
Selbst Finn und die Sozialgruppe bekamen ein Bild: Kissen, Kuscheldecke – und Pippa mittendrin,

unterschrieben mit: „Wir sind jetzt zu dritt. Oma und Opa erhielten: „Ein kleines Stück Berlin wohnt jetzt bei uns — winzig, aber ohne Schlappohren. Also ganz anders als euer Knut."

Sie war so glücklich, dass sie es kaum in Worte fassen konnte. Dieses leise, warme Gefühl, das einen lächeln lässt, selbst wenn niemand hinschaut.

Während sie wartete, dass Pippa aufstand, fiel es ihr siedend heiß ein. Schei…benhonig, die kleinen KissPop-Flaschen. Zwei noch voll, eine angebrochen. Die leeren mussten auch weg. Am besten gleich. Beim ersten Spaziergang.

Und wenn sie schon draußen war, konnte sie Brötchen holen. Dann konnten Papa und sie zusammen frühstücken, bevor die Geburtstagsparty am Nachmittag losging.

Auf leisen Sohlen schlich sie ins Bad. Pippa schlief weiter. Im Waschbecken landete das, was vom süßlich-warmen Wodka-Rhabarber-Vanille-Gemisch übrig war. So sehr sie KissPop mochte, morgens um halb sieben war selbst ihr das zu viel.
Das musste aus dem Haus.

Auf dem Weg zum Glascontainer klirrten die beiden Flaschen in der Stofftasche. Pippa trippelte fröhlich voraus. Lukje überlegte, wie sie jemals wieder an das Zeug kommen sollte. Sie war nicht volljährig. Es war Zufall gewesen, dass sie die zwölf Flaschen von Tariq – einem Kumpel aus der Sozialgruppe – kaufen konnte. Die Jungs hatten nach einer Party keine Verwendung für pinke Herzchen und Rhabarber. Sie schon. Rhabarber liebte sie, seit sie klein war.

Die Flaschen versenkte sie lautstark im Container. Überall lagen Scherben. Sie hob Pippa sicherheitshalber hoch. „Siehst du, wie praktisch, dass du so klein bist?"

Mit Hund unter dem Arm ging sie quer über die Straße zum Bäcker. Pippa draußen anbinden? Keine Chance. Also steckte sie sie kurzerhand unter die Strickjacke. Wenn jemand meckerte, gab's eben keine Brötchen.

Doch niemand meckerte. Nicht mal die Verkäuferin, als Pippa hinter dem Tresen kurz „Hallo" sagte – mit einem Nasenzucken und einem Wedler.

Vielleicht hielt sie sie für eine Wärmflasche mit Ohren.

Lukje ging mit Brötchentüte und Herz voller Vorfreude nach Hause. Heute war ihr Tag. Und bis jetzt war er perfekt.

Kapitel 51

„Wenn selbst der Likör verwässert ist, wird es Zeit, genauer hinzusehen"

Nach dem Frühstück teilten sie sich die Aufgaben auf. Björn wollte kurz prüfen, was noch fehlte, dann das vorbestellte Grillfleisch und die Salate abholen. Bevor er ging, sprach er Lukje auf das Badezimmer an.

„Küken, ich weiß ja nicht, was du dir da ins Gesicht schmierst, aber das riecht wie Wodka auf Eis... ist das normal?" Er lachte leise in sich hinein. „Bekomm das bloß nicht in die Augen. Wird man blind von. Ist das überhaupt für Kinder erlaubt?"

„Papa!" Lukje war blass, reagierte aber empört. „Wovon redest du überhaupt?"

„Von dem klebrigen Zeug im Waschbecken. Was ist das? Pickel-EX?"

Lukje schluckte und wandte sich halb ab. „Ja, so was in der Art. Für Mädchen halt. Ich geh und mach oben sauber."

Weg war sie. Björn sah ihr verdutzt nach. So schnell war Lukje sonst nicht fürs Putzen zu begeistern. Aber gut – sie freute sich auf die Party.

Er machte sich auf, um seinen Zettel abzuarbeiten. In der Garage standen bereits alkoholfreie Getränke und Bier. Auch eine neue Gaskartusche hatte er besorgt. Der

Getränkehändler hatte ihnen freundlicherweise für kleines Geld Bierzeltgarnituren geliehen.

Mit dem Essen hatten sie es sich einfach gemacht: Kartoffelsalat, Nudelsalat, Grillfleisch und Würstchen vom Metzger. Für die Vegetarier warteten Gemüsespieße im Kühlschrank.

Als Letztes öffnete er den Küchenschrank, um zu schauen, was noch an Hochprozentigem da war – und stutzte. Der Amaretto war fast leer, Eierlikör war keiner mehr da. Beim Kirsch-Marzipan-Likör hatte sich etwas getrennt – oben Plörre, unten dickflüssig.

Er tauchte den kleinen Finger ein.

Wasser.
Wassergemisch.
Darum sah das so seltsam aus.

Björn wurde heiß und kalt. Beim Eierlikör hatte er noch gedacht: **Na gut, Sabrina. Gönn dir.**
Aber Sabrina würde nie Alkohol mit Wasser auffüllen. Außerdem trank sie nur Rotwein – und seit er sie kannte, nie allein.

Jetzt blieb wenig Zeit, darüber nachzudenken. Er musste mit Sabrina sprechen. Und er nahm sich vor, Herrn Großmann zu schreiben. Vielleicht konnte der professionell bei Lukje nachfühlen und wenn sie wirklich Alkohol mit raus zu ihren Freunden nahm? Dann könnte er ihm raten, wie er sich verhalten sollten.

Aber heute war Lukjes sechzehnter Geburtstag.
Er hatte sie nie betrunken erlebt. Vielleicht mal ein Glas
Sekt mit O-Saft.
Natürlich wurde unter Jugendlichen getrunken – aber
überwiegend waren Jaro oder Fenja mit ihr zusammen.
Ob die drei sich ab und zu an den Vorräten bedienten?
Wollte Lukje dazu gehören?

Er verstand es nicht.
Hoffentlich hatte Sabrina eine Erklärung. Antworten
würde er später suchen.

Jetzt stand nur eins fest: Der Tag gehörte seiner
Tochter. "

Kapitel 52

„Ein bisschen Glück – und ein Hauch zu viel Geheimnis."

Lukje hatte sich umgezogen.

Papa hatte vom Einkaufen ein pinkes Halsband für Pippa mitgebracht, verziert mit bunten Glassteinen. Sie sah aus wie eine Prinzessin. Lukje quietschte vor Freude. So hatte Björn seine Tochter seit Jahren nicht gesehen.

Während er einkaufen war, hatten Lukje und Pippa den Garten vorbereitet:

Tische und Bänke aufgestellt, Papiertischdecken ausgebreitet, Servietten, Gläser und Besteck verteilt. Auf dem großen Tisch war Platz für Salate und Soßen.

In einer halben Stunde sollten die ersten Gäste eintreffen. Björn hatte Kolleginnen, Kollegen und seinen Chef eingeladen, außerdem die Nachbarin mit der kleinen Katze. Lukje freute sich besonders auf Jaro, Fenja, Mara, Finn – und sogar auf Leo und Tariq. Vielleicht würde sich die Gelegenheit ergeben, Tariq nach seinem „Kontakt" zu fragen. Ein paar Flaschen auf Vorrat zu haben, kann nicht verkehrt sein.

Alle hatten sich entzückt auf ihre Pippa-Fotos gemeldet – also fast alle. Mama nicht!

Oma und Opa hatten morgens gleich angerufen. Opa war verliebt – in Pippa. Sie solle die Hündin unbedingt nach Berlin mitbringen. Ob sie sie dann wohl zurückbekämen?

Wie abgesprochen parkte das erste Auto. Britta, Jaro, Fenja und Finn stiegen aus. Björn stand am Gartentor und sprach mit Britta, als Lukje dazu kam. Sie hörte noch ein tiefes „Keine Widerrede" von ihrem Vater, dann hakte sich Fenja bei Britta unter und kam auf sie zu.

Nach und nach trafen die Gäste ein. Der Garten füllte sich mit Stimmen und Lachen. Finn gab den DJ, unterstützt von Jaro. Immer wieder schickte Jaro ihr ein Augenzwinkern, und Lukje konnte nicht anders, als bei jeder Gelegenheit mit einer kleinen Berührung an ihm vorbeizugehen.

Britta ließ sich zum Bleiben überreden, half Björn in der Küche und beim Raustragen der Salate. Erst gab es Kaffee und Kuchen. Die Nachbarin hatte Streuselkuchen mitgebracht – warm, knusprig, sofort verputzt.

Während Lukje und Fenja die Spülmaschine einräumten, bereitete Björn draußen seinen neuen Gasgrill vor – das Geburtstagsgeschenk an sich selbst.

In der Küche holte sich Jaro einen heimlichen Kuss ab – ohne Erwachsene, ohne väterlichen Blick. „Ich habe nachher noch eine Überraschung für Dich, Geburtstagsmaus." Lukje hüpfte grinsend vor ihm auf und ab. „Warum nicht jetzt?" Weil ich dich gerne noch ein bisschen zappeln lasse…" Jaro lachte, und gab ihr noch einen Kuss auf die Nasenspitze.

Pippa wanderte derweil von Schoß zu Schoß, sogar auf den von Björns Chef. Sie genoss die Aufmerksamkeit sichtlich. Britta war hin und weg, von der kleinen Fledermaus.

Und wieder rollte ein Auto über den Schotterweg zum Haus zu.

„Mama kommt", sagte Lukje zu Jaro, löste sich aus seiner Umarmung – nicht ohne ihm einen letzten Kuss zu geben.

Wie sie diesen Tag genoss. Der schönste Geburtstag, an den sie sich erinnern konnte.

Kapitel 53

„Ignoriert zu werden, trifft tiefer als Worte."

Sabrina kam in die Küche und umarmte ihre Tochter flüchtig. „Was für ein Trubel da draußen – ich bin total platt."
Der kleine Hund, der neugierig um sie herumschnupperte, wurde völlig ignoriert. Als wäre Pippa nicht da.

„Machst du mir einen Kaffee, bitte? Ich zieh mich schnell um, bevor ich mich unters Volk mische. Aber ich sag's gleich – nicht lange. Ich pack das heute nicht mehr."
Lukje nickte, holte die Lieblingstasse ihrer Mutter aus dem Schrank und stellte den fertigen Kaffee auf die Arbeitsplatte. Irgendwie bekam ihre Stimmung einen Dämpfer. Ohne ein einziges Wort, ohne Streit.
Aber Sabrinas Nichtbeachtung tat weh.
Wie konnte man Pippa ignorieren?
Nicht mal ein „Wie alt ist sie?"
Oder „Was für eine Rasse?"
Irgendwas.
Sie erinnerte sich an einen Moment, als sie sieben war und auf dem Jahrmarkt einen Plüschpudel gewonnen hatte. Damals hatte Sabrina gelacht, ihn in den Arm genommen und „Fräulein Wackelnase" getauft. Drei Wochen lang hatte der Hund bei ihnen mit am Tisch gesessen.

Und jetzt?
Lukje nahm Pippa auf den Arm und ging nach draußen. Die Stimmung dort war festlich. Es dämmerte,

und Björn hatte überall Lichterketten aufgehängt. Zusammen mit Jaro holte er Decken aus dem Gartenhaus. Für später, falls es kühl würde.

Jaro sah Lukje als Erster. Sein Blick fragte, was los war. Lukje zuckte nur mit den Schultern, vergrub das Gesicht im weichen Fell. Jaro warf Fenja etwas zu – sie nickte. Dann kam er zu ihr, legte den Arm um sie und zog sie mit sich zur „Jugendecke" am DJ-Pult.

Während die Erwachsenen an den Tischen lachten, diskutierten und sangen, machten es sich die Teenies abseits gemütlich. Jaro zog Lukje auf seinen Schoß, deckte sie mit einer Decke zu. Pippa verschwand darunter.

„K.O.?", fragte er leise.

Lukje schüttelte den Kopf. „Enttäuscht. Mama mag Pippa nicht."

Er verstand es auch so.

Wenig später kam Björn rüber. „Wer will noch was essen? Sonst mach ich den Grill aus."

„Mama vielleicht", sagte Lukje leise.

„Ah… ist sie schon da? Ich frag sie mal."

Er stellte den Fleischteller bei den Jungs ab. Dankbare Abnehmer – selbst Pippas Nase kam blitzschnell wieder unter der Decke hervor.

Kapitel 54

Es gibt Geschenke, die bleiben. Auch wenn das Band rostet.

Draußen war es inzwischen völlig dunkel, und die Musik lief nur noch leise – aus Rücksicht auf die Nachbarn. Die Teenies amüsierten sich mit TikTok-Videos. Finn und Tariq ahmten Beauty-Clips nach, und die Mädchen kringelten sich vor Lachen.

Auch Lukje konnte wieder lachen. Sie genoss ihren Platz auf Jaros Schoß, seinen Atem an ihrem Ohr. „Wollen wir mit Pippa eine Runde gehen?", flüsterte er, ohne sie anzusehen.

Ein Blick auf die anderen zeigte: alle gut beschäftigt.

Lukje stand auf und ging zum Tisch der Erwachsenen. „Wir gehen mit Pippa eine Runde."

Björn nickte. „Geht Jaro mit?"

Lukje nickte. „Nimm bitte eine Jacke mit. Und die Taschenlampe hängt an der Garderobe."

Die Nachbarin mit der kleinen Katze verstand das als Aufbruchssignal. „Lukje, würdet ihr mich mit der Taschenlampe nach drüben begleiten?"

Auch Björns Chef verabschiedete sich. „Vielen Dank für den schönen Abend."

Britta trat zu Lukje. „Bleib nicht zu lange weg, ja?

In einer halben Stunde brechen wir auch auf – ich habe ja nicht mal 'ne Jacke mit."

Langsam kam Bewegung in die Runde. Die Jungs halfen Björn beim Abbauen des Grills und beim Zusammenklappen der Bierbänke. Die Kolleginnen und Britta trugen die Reste in die Küche. Dort stand Sabrina am Tresen. Sie füllte Salate in Vorratsdosen um und sortierte alles in die Kühlung.

„Wer was mitnehmen will – einfach einpacken", sagte sie beiläufig. Dann, fast mehr zu sich selbst: „Ich hoffe nur, ich krieg meine Tupperdosen alle wieder."

„Es ist wirklich Zeit für dein Geburtstagsgeschenk", flüsterte Jaro dicht an Lukjes Ohr.
Sie gingen eng umschlungen die kleine Straße entlang, in Richtung Endhaltestelle. Pippa tippelte auf ihren kleinen Pfoten neben ihnen her, schnüffelte mal hier, mal dort, als hätte sie ein unsichtbares Inventar zu prüfen. Ängstlich wirkte sie nicht – eher so, als wolle sie jeden Winkel der Welt kennenlernen.

Dann blieb sie plötzlich stehen.
Lukje und Jaro folgten ihrem Blick – und hielten inne.

„Was sind das für Lichter da vorne?", fragte Lukje leise.

„Eine Überraschung", sagte Jaro. Er grinste wie ein kleiner Junge, der heimlich Kekse versteckt hat.

Lukje kniff die Augen zusammen. Und dann –
„Das ist nicht dein Ernst!"

Sie lachte auf, fröhlich, überrascht, gerührt.
„Wie süß bist du denn? Ist das ... ist das etwa ... unser Stuhl?"

„Woran hast du den erkannt?" Jaro tat gespielt erstaunt.

„An der Lichterkette natürlich! Und an dem Mondaufkleber ... awww, ich schmelze!"
Sie lachte heller als die kleinen Lampen in der Dunkelheit.

Jaro hob sie kurz hoch, drehte sich mit ihr im Kreis, als würde die Welt nur aus diesem Moment bestehen, und setzte sie vorsichtig wieder ab. Dann küsste er sie.
Nicht zum ersten Mal.
Aber es fühlte sich trotzdem so an.

Lukje lehnte sich an ihn, und für einen Atemzug lang war alles still – außer dem Flattern in ihrer Brust.

„Schau mal", sagte er dann. Seine Stimme vibrierte leicht vor Aufregung. „Da ist noch was."

Sie trat näher.
Und da war es.
Eine silberne Kette, die den Stuhl an einen jungen Baum band.
Daran ein kleines Schloss – mit der Gravur: **L & J**. Und die Jahreszahl.

Lukje blinzelte. Die Tränen kamen schneller, als sie sie wegdenken konnte.
„Das ist ..."
Ihre Stimme brach weg.

Jaro legte einen Arm um sie. „Ein Platz. Für dich. Für uns. Immer."

Kapitel 55

„Nach müde kommt doof. Aber davor kommt meistens Freundschaft.“

Als Lukje mit Pippa und Jaro vom Spaziergang zurückkam, sah sie schon von Weitem, dass Aufbruchstimmung herrschte. Leo und Tariq fuhren gerade mit den Rädern davon – sie hatten es nicht weit, vielleicht fünfzehn Minuten.

„Mist“, murmelte Lukje. „Nicht mal dazu gekommen, Tariq nach dem Kontakt zu fragen.“

Vor Brittas kleinem Auto standen Finn und Fenja – und zankten sich mal wieder. Jaro grinste. „Das wird laut im Auto.“

„Vielleicht solltest du Britta bitten, die beiden laufen zu lassen.“

„Die Vorstellung ist verlockend.“

Bei dem ganzen Trubel vor dem Haus konnte sich auch Pippa ein hohes, fröhliches Kläffen nicht verkneifen – als wolle sie rufen: *Kommt bald wieder! Und bringt Fleisch mit!* Wuff, Wuff, Wuff.

Britta kam lachend auf die kleine Hündin zu, hob Pippa hoch und sah ihr ins Gesicht – als hätte sie jedes Wuff verstanden. „Kleine Prinzessin, es war sehr schön, dich kennenzulernen. Und sag deinem Frauchen: Wenn sie sich nicht gut um dich kümmert, dann ziehst du bei mir ein."

„WAS? Ne, ne, ne!" Lukje lachte, nahm ihr aber sicherheitshalber ihren Hund aus den Armen.

Jaro drückte ihr noch einen Kuss ins Haar. „Lass dir nichts erzählen. Du bist die Prinzessin. Meine nämlich."

Dann schubste er Finn ins Auto. „Ich sitz in der Mitte. Das ist ja nicht auszuhalten mit euch beiden Streithähnen."

„Du weißt doch, wie das bei kleinen Kindern ist", sagte Britta. „Nach müde kommt doof."

„Öy, Tante Britta!", rief Fenja, musste aber lachen – und ahmte ein quengelndes Kleinkind nach.

„Oh je, da helfen nur Süßigkeiten. Das kenne ich schon", sagte Lukje. Sie zog einen alten Hustenbonbon aus ihrer Jackentasche und drückte ihn Fenja in die Hand. Dann küsste sie sie auf die Wange. „Bis Montag, ihr Süßen!"

„Morgen – also heute – werde ich nur schlafen und mich um Pippa kümmern. Das versteht ihr, oder?"

Alle nickten. Aber Jaro wusste längst, dass er Teil des Sonntags war. 16:30 Uhr, Spaziergang mit Pippa. Nur sie drei.

Kapitel 56

„Ein Satz kann ein Zuhause zerstören."

Lächelnd, tief in Gedanken, mit Pippa an der Leine, ging Lukje zum Haus. Dank Bewegungsmelder und der Lichterketten in den Bäumen, war der Weg zum Haus schwach aber ausreichend beleuchtet.

Kurz vor der Haustür zog Pippa plötzlich wie verrückt an der Leine und riss Lukje aus ihren Gedanken und vor Schreck beinahe von den Füßen. Aus dem Garten kam merkwürdiges, nicht menschliches Zetern.

Lukje richtete die Taschenlampe auf das Geräusch – ein dicker Igel rannte mit einem Fleischrest davon. Sie lachte. „Tja, Pippa, die lassen dir wohl nichts mehr zum Aufräumen übrig. Schweinefleisch ist eh nichts für dich, meine Püppi."

Sie wollte gerade zur Haustür zurück, als sie durch das gekippte Küchenfenster ihre Eltern hörte. Sabrina schrie. Laut. Wütend. Beinahe hysterisch. Lukje hatte ihre Eltern noch nie laut streiten gehört. Vorsichtig, beinahe heimlich, linste sie in die Küche.

„Großartig eingefädelt mit dem Köter! Bravo du Held. Du wusstest, wie weh ihr das tun wird, wenn ich sie in nicht mal vier Wochen mit nach Berlin nehme – und du und der Hund bleiben hier!"

Lukje nahm Pippa auf den Arm und presste sie eng an sich, als könnte der kleine Körper sie vor den Worten aus der Küche schützen. „Keine Angst, Pippa", flüsterte sie. Ohne Dich gehe ich nirgendwo hin."

Drinnen spitzte sich alles zu.
„Wie kannst du das sagen?", rief Björn.
„Ich lasse mir meine Tochter nicht wegnehmen.
Zieh mit deiner Ela nach Berlin, von mir aus. Ich zahle dich aus fürs Haus.
Aber das hier ist Lukjes Zuhause. Unser Zuhause."
Seine Stimme brach. Lukje sah durchs Fenster.
Björn hatte die Hände vors Gesicht geschlagen. Seine Schultern zuckten.
Er weinte.

Ihr Papa. Der große, starke Wikinger. Er weinte.
„Lukje ist alt genug um das zu verstehen", sagte Sabrina kalt. „Sie hat psychische Auffälligkeiten. Sie braucht ihre Mutter. Ihre Großeltern. Eine stabile Umgebung in der sie sich auskennt. Lukje kommt mit. Das ist mein letztes Wort." Wie mit einem Richterhammer, knallte Sabrinas Glas auf den Küchentresen.

Björn zuckte. Dann schrie er.
„NEIN! Ich werde nie wieder Wochenendvater sein! Ich liebe Lukje – und sie liebt mich. Du darfst sie nicht mitnehmen. Rechtlich gesehen geht das auch nicht so einfach. Du nicht das alleinige Sorgerecht!"
„Willst du mir drohen?", fragte Sabrina. „Womit?"
„Ich drohe nicht, das sind Tatsachen", sagte Björn.
Lukje sackte draußen an der Hauswand zusammen. Pippa leckte ihr Gesicht. Lukjes Körper fühlte sich wie fremd an, starr, kalt. In ihrem Kopf kreisten Wörter:

Berlin – Wegziehen – Vier Wochen – Jaro – Ela – Nein –
Bitte nein – Papa.

Sie wusste nicht, wie lange sie da auf dem Boden hockte. Mühsam stand sie auf, ging ins Haus.

Als die Haustür hinter sich zuzog, wurde es still in der Küche.

„Lukje?", rief Sabrina.

„Ich geh nach oben", antwortete ihre Tochter monoton. „Ich bin müde."

Dann ging sie wie ferngesteuert nach oben. Machte kein Licht.

Wie in Trance zog sich Lukje aus und legte sich mit Pippa ins Bett.

Wach, starr, taub.

In ihr tobte ein Sturm: Angst. Wut. Ohnmacht. Alles auf einmal.

Ihre Arme schmerzten, die Beine drohten zu verkrampfen. Wie Muskelkater im ganzen Körper.

Sie stand auf und holte sich die zwei letzten KissPop-Flaschen aus dem Schrank. Die eine leerte sie sofort, stellte sie in den Rucksack. Routiniert, automatisch. Die andere nahm sie mit ins Bett.

Langsam wurde sie müde. Die Unruhe ließ nach.
Sie trank. Tränen liefen.
Lautlos.
Dann lief auch die Nase.
Kein Schluchzen. Nur Stille.

Das dass die letzten beiden Kiss-Pop Flaschen waren, war bedauerlich.

Heute hätte sie wirklich noch eine dritte gebraucht – vielleicht sogar ein vierte.

Ihre Gedanken drehten sich im Kreis.

Wie soll es weitergehen?

Was kann ich tun?

Nichts.

Wie soll ich das Jaro sagen? Fenja?

Papa hat geweint.

Mit diesem Bild vor Augen schlief sie ein.

Kapitel 57

„Der Kuchen ist gegessen – die Fragen bleiben."

Am Morgen wurde Björn von einem leisen Kratzen an der Schlafzimmertür geweckt. „Pippa, musst du raus, meine Kleine?" Er wusste nicht, wie dringend es war, also sprang er so wie er war in seine Schuhe, warf sich eine Jacke über und öffnete die Tür. „Na, dann komm."

Pippa folgte ihm ohne Leine in den Garten. Sie machte gleich Pipi, aber interessanter war der Platz, an dem gestern noch der Grill gestanden hatte. Die Igel – und vermutlich auch ein paar größere Vögel – hatten ganze Arbeit geleistet. Es war nichts mehr übrig.

Der Rasen: als hätte jemand ihn geschrubbt.

Nach ein paar Minuten gingen sie zurück ins Haus. Björn rubbelte sie mit dem Handtuch trocken. Durch das feuchte Gras war sogar ihr Bauch nass geworden. Er gab ihr eine kleine Portion Trockenfutter und nahm sich selbst ein Glas Orangensaft. Er fühlte sich wie verkatert. Traurigkeit macht müde.

Während er zusah, wie Pippa mit der Nase ihr Futter sortierte – nach Größe oder Form, er wusste es nicht – dachte er über den Streit mit Sabrina nach. Es hätte nicht so eskalieren dürfen.

Seine Frau war so wütend gewesen, dass sie noch am Abend eine Tasche gepackt hatte. „Ich brauche Luft", hatte sie gesagt. Sie wollte mit dem Nachtzug nach Berlin. Das Auto ließ sie am Bahnhof.

Über den Alkohol im Küchenschrank konnte er nun nicht mit ihr sprechen. Aber das hatte Zeit. Dringender war die Mail an Herrn Großmann. Dienstag stand Lukjes nächster Termin an.

Mit dem Tablet und einem weiteren Glas Saft ging er ins Wohnzimmer. Leise zog er die Jalousien hoch und kippte das Fenster, um Lukje nicht zu wecken. Satt und zufrieden rollte sich Pippa in ihrem Hundebett ein und bearbeitete ihren Kauknochen.

Die Mail an den Psychologen war schnell geschrieben. Danach schrieb er Britta. Er schilderte den gestrigen Abend und bat sie, einen guten Familienanwalt zu empfehlen.

Schließlich suchte er sich noch die Nummer einer Erziehungsberatungsstelle heraus. Lukje ging es psychisch nicht gut. Sie war immer introvertiert gewesen, aber der Umzug hatte ihr zugesetzt. Es war besser geworden – doch was, wenn sie jetzt erfuhr, was Sabrina plante?

Nach allem holte er sich einen Teller Kartoffelsalat aus der Küche, den er unter Pippas aufmerksamen Blicken verputze, dann schlief Björn auf dem Sofa ein. Pippa kuschelte sich in seine Kniekehlen.

Kapitel 58

„Die Welt steht still – wenn das Herz vor Angst fast erstickt."

Björn hielt den Hörer noch in der Hand, als aus ihm nur noch leises Tuten kam.
Unwirklich. Alles war unwirklich.

Wie lange war Lukje schon weg? Und warum? Was war passiert?

Er hatte sie wecken wollen – aber sie war nicht da.
Nicht im Bad. Nicht im Garten.
Was sollte sie auch da draußen ohne Pippa?

Zurück in ihrem Zimmer fiel ihm die halboffene Kleiderschranktür auf. Ihr Rucksack war weg. Und ihre Regenjacke.
Im Bett lag eine leere Alkopop-Flasche. KissPop – Wodka-Rhabarber.
Woher hatte sie die? Von Jaro? Von einem der Jungs gestern?
Er roch am Flaschenhals – derselbe Geruch wie gestern früh im Bad.
Aber darüber konnte er jetzt nicht nachdenken.

Sabrina?
Hatte sie sich in der Nacht umentschieden? War sie zurückgekommen und hatte Lukje mit nach Berlin genommen?
Nein. So leidenschaftlich sie stritten – so etwas würde sie ihm nicht antun.
So eine Angst würde sie ihm nicht machen.

Also Sabrina nicht. Dann Jaro?!

Natürlich. Sie war bestimmt bei Jaro.
Wieso war er nicht früher auf die Idee gekommen?

Er schaute aus dem Fenster. Ihr Rad war auch nicht da.
Also war sie zu ihm gefahren?
Sie sahen gestern so verliebt aus.

Ein Anruf später war klar: Lukje war nicht bei Jaro.

Nun stand er da, das Tuten noch im Ohr – und wusste
nicht weiter.

Er legte den Hörer auf, öffnete die Terrassentür, ließ
Pippa noch einmal hinaus.
Während sie schnüffelte, schrieb er die fünfte Nachricht
an Lukje:
Wo bist du, Küken? Melde dich bitte.

Leider hatte er Fenjas Nummer nicht. Aber Jaro hatte
versprochen, seine Cousine sofort anzurufen.
In fünfzehn Minuten wollten er und Britta bei Björn sein.
Vielleicht – vielleicht war sie ja bei Fenja.
Vielleicht hatten sie sich einfach missverstanden.
Vielleicht lachte gleich jemand erleichtert.

Aber er wusste:
Dem war nicht so.

Kapitel 59

„Manchmal ändert sich alles, während es im Keller nach Waschpulver riecht."

Ungefähr zur gleichen Zeit, in einem anderen Haus, kämpfte ein pubertierender Teenager mit seinem Kissen – und seine Mutter mit der Waschmaschine.

Die Sonne stand längst hoch, als Britta die Tür zu Jaros Zimmer öffnete und leise an den Türrahmen klopfte.
„Schlafmütze", sagte sie sanft, „es gibt gleich Mittag. Reste vom Fest – Kartoffelsalat deluxe."
Jaro grunzte undeutlich und drehte sich auf den Bauch.
„Zwei Würstchen für den, der zuerst am Tisch ist! Und bring bitte die Wäsche mit runter, ja?"
Das Wort *Wäsche* schien zu wirken. Er murmelte etwas von „Gefangen in einer Haushalts-Folter-Simulation", warf sich aus dem Bett und griff nach dem Korb.

Unten im Keller roch es nach Waschpulver, warmer Luft und dem schwachen Duft von Zwiebeln, der irgendwo aus einem benutzten Geschirrtuch stieg. Britta hatte die Waschmaschine halb offen, die Arme tief darin vergraben, als Jaro neben ihr auftauchte.
„Glaubst du, das ist mein Leben?", fragte sie, ohne ihn anzusehen. „Zwiebelringe, Waschmaschinen – und ein pubertierender Teenager, der morgens riecht wie ein nasser Hund?"
„Na klar", grinste Jaro. „Der Traum jeder Frau."

„Ich frag mich nur, wann ich aufwache", seufzte Britta –
und lachte doch.

Dann klingelte oben das Telefon.
Einmal.
Zweimal.
Dreimal.
„Jaro? Kannst du mal? Ich steck hier fest."
Er nickte, sprintete los, zwei Stufen auf einmal, und nahm
das Telefon von der Ladestation.

„Hallo?"
Stille. Dann Björns Stimme – rau, gepresst, voller Unruhe.
„Jaro – ist Lukje bei euch?"
„Nein … warum?"
„Sie ist weg."
Jaro hielt das Telefon nur noch fest, weil seine Hand nicht
wusste, was sonst.
„Ich ruf Fenja an. Vielleicht ist sie bei ihr."
„Mach das. Ich habe ihre Nummer nicht", sagte Björn.
Und in seiner Stimme lag ein Zittern, das Jaro so noch nie
gehört hatte.

Jaro rannte zurück in den Keller, warf Britta wortlos
Jacke und Autoschlüssel zu.
„Komm. Wir müssen los. Lukje ist weg!"
„Warte – hast du Fenja erreicht?"
„Noch nicht. Ich ruf gleich an."
„Dann sag ihr bitte, sie soll alle Kontakte ihrer
Sozialgruppe mitbringen – und meine Elternliste, die aus
dem Büro, du weißt schon. Außerdem soll sie Jutta nach
dem Haustürschlüssel fragen. Wenn sie alles hat, soll sie
direkt zu Björn kommen."

Jaro nickte.

Ein stilles, entschlossenes Nicken.

Dann rannte er los.

Britta atmete tief durch, fuhr sich mit der Hand durchs Haar und folgte ihm.

Im Auto wählte Jaro Fenjas Nummer.

Mailbox. Noch mal.

Noch mal.

Keine Antwort.

Die Straße glitt an ihnen vorbei, voller Leben.

Aber für sie stand alles still.

Kapitel 60

„Sie fehlt, und mit ihr fehlt das Gleichgewicht."

Björn hatte die Tür bereits geöffnet, als Britta und Jaro aus dem Auto stiegen.
Er stand einfach nur da, die Hand noch auf der Klinke, das Gesicht blass und leer wie eine vergessene Notiz auf dem Küchentisch. Kein Hallo. Kein Willkommen. Nur dieses:
„Sie ist nicht da."

Britta legte ihm kurz die Hand auf den Arm, während Jaro an ihm vorbei ins Haus ging. In der Küche roch es noch schwach nach gebratenen Zwiebeln, kaltem Kaffee und Geburtstagskuchen, der nicht mehr gefeiert wurde. Auf dem Tisch stand ein leerer Teller, daneben eine zerknickte Papierserviette mit Herzchen.

„Seit wann?", fragte Britta, während sie ihre Jacke auszog.

„Ich weiß es nicht genau", sagte Björn und fuhr sich mit der Hand durchs Gesicht. „Wir waren alle spät im Bett. Nach dem Frühstück habe ich mich mit Pippa noch mal aufs Sofa gelegt. So ein richtiges kleines Vormittagsschläfchen. War gemütlich. Sie hat geschnarcht wie ein Weltmeister."
Er lächelte kurz – ein müdes, trauriges Lächeln, das sofort wieder verging.
„Als ich später nach Lukje sehen wollte … war sie weg. Nicht im Bad. Nicht draußen. Pippa saß noch auf der Decke. Ihr Rucksack ist weg. Die Regenjacke auch. Und

…" Er schluckte. „In ihrem Bett lag eine leere KissPop-Flasche."

„Aber Pippa?" Jaro war bleich geworden.
Björn schüttelte den Kopf. „Sie hat sie zurückgelassen."

Einen Moment sagte niemand etwas.
Nur der Kühlschrank brummte.
Irgendwo klapperte draußen ein Ast im Wind gegen die Dachrinne.

„Setzen wir uns", sagte Britta leise. „Wir müssen überlegen, was wir tun können."
Sie holte drei Tassen aus dem Schrank, stellte Wasser auf, suchte Teebeutel zusammen, als hinge alles an dieser einen Geste. Als würde Wärme im Becher auch das Herz erreichen.

Björn saß am Tisch, den Blick auf die Tischkante gerichtet, als könne sie ihm eine Antwort geben.

Jaro lief unruhig im Flur hin und her, Handy in der Hand. „Ich habe Fenja geschrieben", sagte er. „Sie antwortet nicht."
„Ruf sie an", sagte Britta. „Vielleicht hat sie ihr Handy nicht im Blick."
Er nickte, tippte, lauschte. Mailbox. Noch mal. Wieder nur diese automatische Stimme.
„Sie geht nicht ran."
„Sie kommt", sagte Björn, fast mechanisch. „Fenja kommt bestimmt gleich. Die zwei … sie würden einander sagen, wenn…, wenn was wäre, oder?"

Keine Antwort.

Eine halbe Stunde später klingelte es.
Fenja stand im Türrahmen, blass, mit Rucksack und einem Arm voller Papiere.
„Ich habe alles mitgebracht, was man gebrauchen kann", sagte sie ohne Begrüßung. „Meine Liste aus dem Sozialprojekt. Die Kontakte von Leo, Tariq und den anderen. Und deine Elternliste, Britta. Ich habe Jutta gefragt, sie hat mir den Schlüssel gegeben."
„Danke, Schatz", sagte Britta und zog sie kurz an sich.
„Hast du Lukje erreicht?"
Fenja schüttelte den Kopf. „Nur Mailbox."

Die vier saßen nun gemeinsam am Küchentisch, umgeben von Notizzetteln, halbgetrunkenen Teetassen und der lähmenden Frage:
Wo ist sie nur?

Björn rieb sich die Stirn. „Ich weiß nicht, ob ich Sabrina anrufen soll. Oder ihre Eltern. Vielleicht ist es zu früh. Vielleicht übertreiben wir."
„Nein", sagte Britta ruhig. „Du übertreibst nicht. Aber ich würde noch einen Moment warten."

Sie machten einen Plan. Die Telefonkette und die Suche auf Social Media übernahmen Britta und Fenja.

Dann war wenigstens jemand zu Hause, falls Lukje zurückkam.

Björn machte sich mit Jaro auf den Weg – der hatte sich nicht davon abbringen lassen, mitzukommen. Es hätte ohnehin keinen Sinn gemacht. Zwar kannte sich Björn nach all den Jahren hier in der Stadt gut aus – aber nicht die Orte, an denen man sucht, wenn man sechzehn ist.

Kapitel 61

„Nur ein Fahrrad, ein Stuhl - und Pippa antwortet nicht."

Während Britta und Fenja sich durch eine improvisierte Telefonkette kämpften, verzweifelten sie ein wenig an der Neugier ihrer Mitmenschen. Die Anrufe gingen längst nicht so schnell, wie erhofft.
Eltern und Mitschüler schienen ein feines Gespür für die Dringlichkeit zu haben – und dennoch folgten oft erst neugierige Gegenfragen, bevor man überhaupt eine Antwort bekam. Antworten, die sie nicht weiterbrachten.

Parallel hielten sie permanent Kontakt zu Björn und Jaro.
Diese hatten ihre Suche in der fast leeren Fußgängerzone begonnen. Sonntagabends war hier kaum etwas los – nur wenige Spaziergänger und ein paar Jugendliche unter dem Vordach eines Drogeriemarkts.
Björn und Jaro hielten Passanten Fotos entgegen, fragten zuerst zögerlich, dann drängender:
„Haben Sie dieses Mädchen gesehen?"

Auch im Milchshake-Laden fragten sie nach. Man kannte Lukje – aber heute hatte sie niemand gesehen.

Am Bahnhof kippte die Stimmung.
Während man in der Innenstadt freundlich und bemüht reagiert hatte, begegneten ihnen die Menschen hier mit Misstrauen oder Gleichgültigkeit. Einige wichen aus, andere mieden den Blickkontakt.
Ein junger Mann mit Kapuze musterte das Foto, sagte nur:
„Keine Ahnung."

Und ging weiter.

„Was wollt ihr von dem Mädchen?", fragte ein anderer, noch bevor Jaro den Mund öffnen konnte.

Björn wirkte mit jedem Schritt angespannter.

Am Rand des Bahnsteigs stand ein Mädchen mit Kapuze – nicht Lukje.

Daneben: ein zerrissener Schal im Regen – nicht ihrer.

„Komm, wir fahren weiter", sagte Björn schließlich.

Doch seine Stimme klang, als hätte sie den Glauben an ein Ziel schon verloren.

Sie fuhren zur Endhaltestelle.

Der Ort mit dem Stuhl. Der Ort, der für Lukje einmal etwas bedeutet hatte.

Die Straßenlaternen flackerten, als sie ausstiegen.

Die Lichterkette am Stuhl hatte bereits neue Besitzer gefunden, wie Jaro bitter feststellte.

Der Wind hatte aufgefrischt und trieb erste Blätter über den Asphalt.

Stille lag über dem Platz, als hielte selbst die Nacht den Atem an.

Dann sah Jaro es zuerst.

„Da!"

An der Seite des Wartehäuschens, halb hinter einem Gebüsch verborgen, lehnte ein Fahrrad.

Lukjes Fahrrad.

Björn rannte los.

„Lukje?", rief er.

„LUUUKJE!"

Keine Antwort. Kein Rascheln. Kein Schatten.

Nur das Fahrrad – abgestellt, als sei jemand kurz im Laden.

Aber hier gab es keinen Laden.

Nur die Bank. Und den Stuhl.

Jaro leuchtete mit der Taschenlampe seines Handys unter die Bank, ins Gebüsch, über den Platz.

Nichts.

Keine Spur von ihr.

„Scheiße", flüsterte er. Dann lauter:

„Was machen wir jetzt?"

Björn stand regungslos. Nur seine Hände zitterten.

„Das ist ihr Fahrrad. Sie war hier."

„Vielleicht ist sie noch irgendwo in der Nähe?", versuchte Jaro, die Hoffnung zu retten.

Björn schüttelte den Kopf.

„Wir rufen die Polizei."

Er zückte sein Handy, tippte mit fahrigen Fingern. Als die Verbindung stand, sagte er nur:

„Meine Tochter ist verschwunden. Ihr Fahrrad steht an der Endhaltestelle, aber sie ist weg. Wir brauchen Hilfe. Jetzt."

Björn setzte Jaro bei sich zu Hause ab und fuhr dann direkt weiter zur nächsten Polizeidienststelle.

Man hatte ihm am Telefon Hilfe zugesichert.

Vor Ort bat man um Fotos und Informationen: Kleidung, Haarfarbe, mögliche Aufenthaltsorte.

Währenddessen saßen Britta, Fenja und Jaro mit ihren Handys am Küchentisch. Jeder hatte eine Liste.

„Zum Glück stimmt das mit den 24 Stunden nicht", sagte Britta, während sie eine neue Nummer wählte. „Bei Erwachsenen vielleicht. Aber auch da nicht, wenn es ernst ist."

Fenja nickte. Jaro schwieg.

Sein Handy vibrierte.

Eine Nachricht von Leo:

leoloewe

Nichts gehört. Wenn ich was erfahre, sag ich Bescheid.

…

Pippa war unruhig. Sie fiepte vor sich hin, lief rastlos zwischen Tür und Tisch hin und her, setzte sich kurz – sprang dann wieder auf.

Jaro beobachtete sie einen Moment, dann stand er auf.

„Ich geh mit ihr eine Runde", sagte er leise.

Britta hob warnend den Kopf.

„Aber sei vorsichtig. Und bleib nicht so lange weg, ja? Nicht, dass wir euch auch noch suchen müssen."

Jaro nickte, griff zur Leine.

„Ich geh nur ums Eck. Vielleicht hilft es ihr, runterzukommen. Vielleicht…"

Er brach ab und schüttelte den Kopf.

Die Haustür fiel leise hinter ihm ins Schloss.

Draußen war es kühl geworden.

Pippa zog sofort an der Leine, zielstrebig in Richtung Straße.

Jaro ließ sie gewähren, hielt aber Schritt.

Er redete leise mit ihr – mehr zu sich selbst als zum Hund.

„Wenn du wüsstest, wie leer es hier ohne sie ist", murmelte er.

„Wenn du doch irgendwas sagen könntest …"

Pippa antwortete nicht. Natürlich nicht.

Aber sie blieb plötzlich wie angewurzelt stehen.

Ihre Ohren zuckten.

Dann winselte sie, schnüffelte in Richtung Endhaltestelle.

Jaro runzelte die Stirn.

„Willst du …?"

Noch bevor er den Satz beenden konnte, zog Pippa los.

Kapitel 62

„Man kann alles geben. Und trotzdem mit leeren Händen dastehen."

Jaro ging mit Pippa den Weg zurück zur Endhaltestelle. Immerhin der einzige Ort, wo es bisher überhaupt eine Spur von Lukje gegeben hatte.
Der Platz lag noch immer verlassen da, doch irgendetwas fühlte sich anders an.
Pippa schnüffelte hektisch an der Bank, umrundete zweimal den Stuhl und duckte sich dann, als wollte sie sich verstecken.

Jaro trat näher – und blieb abrupt stehen.
Am Boden, direkt neben dem Stuhlbein, lag ein kleines, geflochtenes Band.
Lukjes Freundschaftsarmband.
Er hob es auf, drehte es in der Hand. Es war unversehrt, nicht verschmutzt – als hätte sie es bewusst dort abgelegt.

„Sie war hier … und ist nicht weit gegangen", flüsterte er. „Das hätte sie nicht einfach verloren."

Pippa fiepte wieder. Ihr Blick ging über das offene Feld, in die Dunkelheit hinein.
Jaro fröstelte. „Wo kann sie nur hingelaufen sein?"
Er sah erneut auf das Armband. „Das ist ihr Freundschaftsarmband – schau, ich habe das gleiche."
Er hielt es Pippa hin. „Oh man, ich rede mit dem Hund", dachte er.

Pippa fiepte erneut.

„Der Schuppen am See …", murmelte Jaro. „Am Ende des Feldes gibt es einen Schuppen. Nicht groß, nicht schön – aber vielleicht wollte sie dort übernachten?"

Er machte Pippa von der Leine. „Such, meine Kleine. Such …"
Pippa sprang aufgeregt um ihn herum.
„Okay, du bist kein Suchhund, das verstehe ich. Wo ist Frauchen? Wo ist Lukje?"

Er wusste nicht, ob sie wirklich suchte – oder sich einfach nur an ihm orientierte.
Hoffentlich hatte sie am Feldrand nicht nur Rehe gewittert.
Trotzdem ließ er sie vorlaufen. Und Pippa setzte sich tatsächlich in Bewegung.

Der Weg am Feldrand war mühsam. Der einsetzende Regen hatte den Boden matschig und glatt gemacht. Zweimal rutschte Jaro aus und fiel auf die Knie. Weh getan hatte er sich nicht – aber die Hose war durchnässt, der kalte Matsch erschwerte jede Bewegung.
Pippa hingegen kam gut voran. Dass sie so leicht war, war ein Vorteil: Sie sank kaum ein, hielt sich geschickt auf dem schmalen Randstreifen – ein Streifen aus Gras, Wurzeln und Moos, der sich wie ein grüner Faden durch die Dunkelheit zog.

Der Regen wurde stärker, peitschte ihm ins Gesicht. Pippas Fell war durchweicht, sie sah aus wie ein nasser Lappen auf vier Pfoten.
Schmutzig, durchnässt – aus ihrem Fell tropfte es bei jedem Schritt.

Der Schuppen kam in Sicht. Jaro konnte ihn gerade noch erkennen, verschwommen im Regen. Sein Herz schlug schneller.

Sie ist da. Bitte, lass sie da sein.

Er rannte die letzten Meter.

„LUKJE! Lukje, bitte! Ich bin's, Jaro!"
Der Wind verschluckte seine Stimme fast.

Er hatte kaum noch Luft – aber er hörte nicht auf.
„Mach auf! Bitte mach auf!"
Pippa bellte, als hätte sie verstanden, sprang aufgeregt gegen die Tür.
Jaro rüttelte daran.

„LUKJE, mach doch bitte auf! Ich bin's!"
Aber die Tür war fest verschlossen.
Verzweifelt sah er sich um. Kein zweiter Eingang. Das Fenster war zu. Ein Sprung im Glas – mehr nicht. Wie damals, als Lukje das Foto für #LostPlace gemacht hatte.
Jaro hob einen dicken Stein auf.
„Tut mir leid, echt jetzt", murmelte er, schützte die nasse Pippa mit seiner Jacke und schlug mit dem Stein gegen die Scheibe.
Das Glas splitterte.
Er hatte zu viel Schwung drauf und rutschte mit der Hand über eine scharfe Kante.
„Mist!", fluchte er – doch er ließ sich nicht beirren.
Ein tiefer Schnitt zog sich über seine Handkante.
Warmes Blut.

Zum Glück war es so dunkel, dass er es kaum sah – und tunlichst vermied, sich das mit der Taschenlampe genauer anzusehen.

Jaro konnte kein Blut sehen. Noch nie.

Und seit dem Tod seines Vaters war das nicht besser geworden.

Alles, was mit Blut, Arzt, Krankenhaus zu tun hatte, war sein absoluter Endgegner.

Er hatte nichts dabei, um die Wunde zu verbinden.

Kein Taschentuch.

Nur einen unbenutzten Hundekotbeutel – und das Freundschaftsarmband von Lukje.

Er wickelte die Tüte um seine Hand, streifte das Armband darüber. Ob das hielt?

Wahrscheinlich nicht. Aber wenigstens war die Wunde nicht mehr sichtbar.

„Vorsichtig, wegen der Scherben, hörst du?"

Erst mit dem Ellenbogen, dann mit einem dicken Ast, drückte er die größeren Stücke Glas ein, griff durch das Loch und öffnete das Fenster.

Dann setzte er Pippa wieder ab.

„Vorsichtig, wegen der Scherben am Boden, hörst du?"

Er sah sich um, entdeckte einen kleinen Holzklotz, rollte ihn mühsam zum Fenster.

Mit einer Hand versuchte er, sich am Rahmen hochzuziehen. Es brauchte mehrere Anläufe.

Pippa bellte aufmunternd.

„Schön hier warten, hörst du? Wenn wir dich auch noch suchen müssen …"

Jaro stemmte sich ein letztes Mal hoch, schwang sich durch das Fenster und landete unsanft im stockdunklen Inneren des Schuppens.

„Lukje?", rief er. Seine Stimme zitterte. „Süße, warum antwortest du nicht?"

Er zog das Handy aus der Tasche, schaltete die Taschenlampe ein, leuchtete jede verstaubte, zugestellte Ecke aus.

Gerümpel. Spinnweben. Werkzeuge.

Keine Lukje. Keine Spur. Nicht einmal eine Ahnung.

„Wie soll sie hier auch überhaupt reingekommen sein?", dachte Jaro resigniert.

Der Kloß in seinem Hals löste sich in leises Schluchzen. Tränen liefen ihm übers schmutzige Gesicht.

Es kam alles zusammen: die Angst um Lukje, die Anstrengung, die Kälte, der Schmerz in der Hand – und die maßlose Enttäuschung, sie nicht gefunden zu haben.

Einen Moment lang weinte er einfach weiter.

Dann wischte er sich beinahe trotzig mit dem nassen Ärmel übers Gesicht.

Zum Glück konnte er die Tür von innen öffnen.

Auf einem alten Schränkchen neben der Tür, unter einer Schicht Staub und Spinnweben, fand er einen Ersatzschlüssel.

Er klemmte – aber drehte sich.

Glück gehabt, dachte Jaro. *So muss ich wenigstens nicht durchs Fenster zurück.*

Pippa hatte brav auf ihn gewartet und zitterte vor Kälte.

Jaro ebenfalls – nicht nur vor Kälte, sondern vor Anspannung und Erschöpfung.

Er wählte Brittas Nummer. Sie ging sofort ran.

„Jaro, Großer – ist alles okay? Ich mache mir Sorgen, ihr seid schon weit über eine Stunde weg. Wir sagten doch eine kleine Runde..."

Ihr Ton verstummte, als sie das leise Weinen ihres Sohnes

hörte.

Kaum hörbar, unterdrückt – aber sie erkannte es sofort.

„Jaro?"

„Mama … kannst du mich an der Endhaltestelle abholen? So in zwanzig Minuten?"

„Was ist los, Jaro? Mach mir bitte keine Angst. Ist was mit Lukje?"

Sie traute sich kaum, es auszusprechen.

„Nein. Ich dachte, ich finde sie. Aber … es war ein Irrtum.

Ich habe mir an der Hand wehgetan. Und Pippa und ich … wir sind nass und dreckig. Kannst du kommen, bitte?"

Brittas Herz wurde gleichzeitig weich und schwer.

Wann hatte Jaro das letzte Mal geweint?

Bei der Beerdigung ihres Mannes?

In den Wochen danach, im Schlaf? Aber sonst?

„Ich bin gleich da", sagte sie leise.

„Pass bitte auf dich auf."

Kapitel 63

„Wenn der Morgen zu still ist, um Trost zu spenden."

Es dämmerte.

Nach dieser kalten, verregneten Sommernacht, die sich eher wie ein Vorbote des Herbstes anfühlte. Nicht mehr als zehn Grad draußen. Im Haus war es still.

Björn stand in der Küche und goss Kaffee in zwei Becher. Einer für Britta. Einer für Jaro. Dazu ein Glas Orangensaft für sich selbst – und ein zweites, kleineres, für Fenja, dass er nebenbei füllte. Sicher war sicher. Falls sie wach wurde.

Im Wohnzimmer lagen die drei auf der Couchgarnitur. Britta zusammengerollt auf dem Zweisitzer, Jaro im Sessel, Fenja mit Pippa auf dem großen Dreisitzer. Der Schlaf der Erschöpften – flach, unruhig, nie ganz sicher, ob er überhaupt stattfindet.

Als Björn zurückkam, schreckte Britta hoch.
„Gibt es was Neues?"
Er schüttelte stumm den Kopf, stellte die Becher ab und setzte sich mit seinem Saft auf den Teppich, direkt vor sie.

„Nichts. Gar nichts Neues. Auch von der Polizei kam nichts."
Sein Blick wanderte zu Jaro, dessen frisch verbundene Hand auf der Armlehne lag.
„Du hast da einen großartigen Jungen großgezogen, Britta", sagte er leise. „Und ich bin froh, dass er Lukjes erster Freund ist."

Britta lächelte müde. „Danke", flüsterte sie – aber in ihren Augen lag echter Stolz.

Sie richtete sich etwas auf, zog die Decke bis zu den Schultern und nahm den Kaffee entgegen.
„Vorsicht, heiß", murmelte Björn.

Ein Moment lang sagte niemand etwas. Dann:
„Wie machen wir weiter?", fragte Britta.
Björn trank einen Schluck. „Du machst erst mal gar nichts", sagte er schließlich. „Du fährst mit den Kindern heim. Sie brauchen Ruhe. Morgen ist wieder Schule."

„Und du?"
Er fuhr sich über den Nacken.
„Ich bleibe hier. Spreche mit der Polizei. Versuche etwas zu bewegen."
Er hielt inne.
„Und irgendwann muss ich wohl Sabrina anrufen. Und ihre Eltern. Auch wenn ich noch nicht weiß, wie."

Jaro regte sich. Die Decke war zur Hälfte heruntergerutscht. Mühsam öffnete er die Augen, verklebt vom Schlaf, gezeichnet von der Nacht.
„Ich war mir so sicher...", murmelte er. „Pippa auch. Warum war sie nicht im Schuppen?"
Björn drehte sich um. „Werde erst mal richtig wach, mein Großer. Du träumst noch."
Er schob ihm den dampfenden Kaffee über den Tisch, behutsam, fast wie eine Einladung zurück in die Welt.
„Für dich, mein Freund."

Jaro richtete sich auf, rieb sich mit der gesunden Hand das Gesicht und nahm die Tasse dankbar entgegen.

Hinter Björns Rücken schliefen Fenja und Pippa eng aneinandergeschmiegt auf der Couch. Pippa lag auf dem Rücken, die Pfoten zuckten, als suchte sie im Traum weiter.
Britta streckte sich.
„Und wenn es kein Traum war?", flüsterte sie. „Wenn sie wirklich dort war – und wir einfach zu spät kamen?"

Björn antwortete nicht sofort. Dann:
„Dann ist sie jetzt woanders. Und wir suchen weiter."

Jaro klammerte sich an seinen Becher, als könne er sich nur so über Wasser halten.
„Was, wenn sie irgendwo liegt? Ganz allein. Ohne Licht. Ohne Decke." Seine Stimme war kaum hörbar.

Britta ging wortlos in die Küche, kam mit einer Wärmflasche zurück und drückte sie Jaro in den Schoß.
„Du wärmst dich jetzt auf, okay? Und dann helfen wir ihr. Wir finden sie."

Fenja wurde wach, blinzelte verschlafen und richtete sich auf.
Jaro erzählte ihr leise von der Nacht, vom Stuhl, vom Armband, vom Schuppen.

⁎

„Und Lukjes Freundschaftsarmband lag wirklich am Stuhl?", fragte Fenja. „Und das Fahrrad? Aber... wo wollte sie denn ohne ihr Rad hin?"

„Ich weiß es nicht." Jaro schüttelte den Kopf. „Es war viel zu dunkel. Aber Pippa wollte unbedingt in die Richtung. Und mir fiel der Schuppen ein."

Er sah zu Boden. „Aber es war ein Irrtum", sagte er leise.

Björn hatte ruhig zugehört. Jetzt sah er die anderen nacheinander an. Seine Stimme klang klarer als zuvor. „Wisst ihr, was wir jetzt machen? Der Hund muss eh raus. Wir fahren zur Endhaltestelle und laden das Fahrrad ein. Das habe ich letzte Nacht völlig vergessen."

Er stand auf.

„Es gibt einen anderen Weg zum See. Nicht übers Feld, sondern hinten rum. Der ist weiter, aber wir fahren ja mit dem Auto. Dann schauen wir uns die Hütte nochmal bei Tageslicht an. Wenn Jaro sie nicht finden konnte – vielleicht sehen wir wenigstens Spuren."

Er sah Britta an. „Und dann bringe ich euch heim. Ist das ein Plan?"

Britta nickte. „Ja. So machen wir das." Sie stand auf, schüttelte die Decke aus und faltete sie.

„Ich fahr schon mal vor, mach Frühstück. Ihr kommt danach zu mir. Dann essen wir zusammen."

„Tante Britta?", fragte Fenja. „Sagst du Mama Bescheid, dass ich gleich heimkomme?"

„Mach ich. Und wenn Finn mag, kann er auch kommen. Ich habe genügend Aufbackbrötchen im Haus."

Sie griff nach ihrer Tasche.

„Und dann können wir zusammen überlegen, wie es weitergeht."

Björn lächelte Britta dankbar zu. Dann stand er auf.

Pippa sprang auf, raste in den Flur, als hätte jemand einen Startschuss gegeben.
„Von null auf hundert in unter drei Sekunden", grinste Fenja.
„Die ist eine echte Rennsemmel", lachte Jaro. „Nur als Suchhund... da muss sie noch üben."

Kapitel 64

„Auch Müdigkeit hat Dienstschluss."

Auch bei der Polizei brach der neue Tag an. Die Nachtschicht übergab an die Frühschicht – mit müden Augen, kratziger Stimme und einem kurzen Bericht.

Einer hielt noch ein zerknittertes Formular in der Hand.

„Tankstelle am Ortsrand. Aussage ist schwammig – aber da war was. Wegen dem Mädchen."

Mit frischem Kaffee in der Hand lehnte sich Hannes gegen den Spind. Sein Kollege war noch dabei, die Dienstwaffe einzuschließen und die Taschen zu leeren. Die Nacht hatte ihre Spuren hinterlassen – in den Gelenken, in der Stimme, in der Geduld.

„Wir waren noch bei Tommy", sagte Hannes.

„Der Tanke-Tommy, du weißt schon."

Ein müdes Grinsen begleitete den Namen.

Der Kollege hob eine Augenbraue.

„Lass mich raten. Er kennt sie?"

„Na klar kennt er sie. ›Die war schon öfter hier‹, sagt er. Ganz entspannt. Als wär's seine Stammkundin."

„Und gestern?"

„Tja, was soll ich sagen? Kann sein. Kann nicht sein. Er weiß es angeblich nicht mehr. War viel los. Wenn sie's war, dann war sie ruhig."

Der andere schnaubte. „Klar. Und wenn sie Feuer gespuckt hätte, hätte er sich auch nicht erinnert."

Hannes schüttelte den Kopf, trank einen Schluck.
„Ich habe versucht, ihm ‚ne Brücke zu bauen. Kein Stress,
keine Vorwürfe. Nur Infos.

Also sag ich: Denk hypothetisch, Tommy – wenn sie
achtzehn gewesen wäre, wenn sie da gewesen wäre – was
hätte sie gekauft?"

„Und?"

„Große Flasche Wodka. Eineinhalb Liter Zitronenlimo.
Mischkram halt."
Er machte eine Pause.
„Er sagt das, als wär's nix. So nach dem Motto: Wenn
nicht bei mir, dann woanders."

Sein Kollege blieb stehen.
„Das ist kein Alibi-Fläschchen. Kein Piccolo. Ich hoffe, sie
war nicht allein. Viel dran ist an der Kleinen ja nicht."

Ein Satz, der in der Luft stehen blieb. Nicht zynisch.
Nur zu nah.

Hannes nickte. Langsam.
„Ich hoffe wirklich, wir finden sie bald. So allein da
draußen... das ist nicht ohne."

Dann war es still.
Nur das Klacken der Stiefel auf dem Flur. Der Schrank,
der zuschnappte.

Die Schicht war zu Ende.
Aber der Fall – der war's nicht.

Kapitel 65

„Du bist nicht allein – hörst du? Ich bin gleich bei dir."

Björn öffnete die Heckklappe und ließ Pippa frei. „Lauf, Mädchen", sagte er leise. „Hier ist nichts, was dir gefährlich werden kann."

Pippa sprang sofort los, schnüffelte im Gras, dann Richtung Hecke, dann zurück. Ihr Bewegungsmuster wirkte unruhig – suchend, aber nicht panisch.

„Gibt's hier sonst noch was?", fragte Björn, während sein Blick über das Gelände wanderte. „Einen Hochsitz, alte Baumstämme, einen abgestellten Hänger? Irgendwas, dass man genauer absuchen müsste?"
Jaro schüttelte den Kopf. „Nicht wirklich. Hier hinten herrscht ziemliche Wildnis."
Er deutete mit dem Kinn nach rechts unten.
„Nur da drüben – der alte Bootssteg, fast komplett verrottet. Eigentlich darf man den gar nicht mehr betreten."

Björn folgte seinem Blick. Dann sah er Jaro an. „Okay. Ihr geht oben an der Hecke entlang. Ich nehme Pippa und gehe unten über die Wiese am See entlang. Wer zuerst am Ende der Hecke ist, kommt den anderen entgegen. „Passt bitte auf euch auf, aber schaut euch gründlich um." Wir sind ja gegenseitig in Rufweite."

Dann marschierten sie los. Vier Suchende – mit einem Rucksack voller Hoffnung auf dem Rücken.

⁂

Es regnete nicht mehr, doch das Gras war noch nass.
Die Hosenbeine klebten.

Das Bellen kam von unten, vom Wasser. Kurz, scharf,
dann winselnd.
Jaro und Fenja blieben stehen. Lauschten. Dann rannten
sie los.

Björn war schneller.
Er hetzte den Abhang hinunter, Zweige peitschten ihm
ins Gesicht, die Lunge brannte.
Dann sah er sie.

Pippa stand auf dem morschen Holzsteg, die Pfoten
weit gespreizt – als wüsste sie, dass jeder Schritt
gefährlich war.
Sie bellte nicht mehr. Sie winselte. Und schnüffelte
hektisch an einem reglosen Körper.

Lukje.

Sie lag auf dem Bauch.
Ein Arm zur Seite gestreckt, die Beine leicht angewinkelt,
das Gesicht halb verborgen in ihrem eigenen
Erbrochenen.
Die Hose war nass. Nicht vom Regen.

Björn erstarrte. Dann kauerte er sich neben sie, tastete
nach ihrem Puls.
Schwach. Aber da.

„Oh Gott… Lukje…"
Vorsichtig drehte er sie auf die Seite. Ihr Gesicht fahl, die
Lippen bläulich, das Haar klamm. Ihr Shirt war

durchnässt und verdreckt.

Pippa wich nicht von ihrer Seite.

Jaro kam keuchend angerannt. Fenja dicht hinter ihm. Für einen Moment: Erleichterung. Dann – der Schock.

Fenja presste sich die Hand auf den Mund.

Jaro kniete sich neben Björn. „Atmet sie?"

Björn nickte stumm. „Aber sie ist bewusstlos. Stark unterkühlt. Und… ich glaube, sie hat zu viel getrunken."

„Wir brauchen einen Notarzt. Sofort."

Jaro zückte sein Handy. Seine Hände zitterten – doch er traf die Nummer.

„Notruf. Was ist passiert?"

„Ein Mädchen. Meine Freundin. Sie ist bewusstlos. Unterkühlt. Es sieht schlimm aus."

„Ort?"

„Am See. Bei der alten Hütte hinter der neuen Siedlung. Da ist ein Steg."

„Ein Rettungshubschrauber wird geschickt. Bleiben Sie bitte am Telefon."

Jaro nickte, obwohl niemand ihn sah. Er hielt das Handy am Ohr, das Gesicht blass, die Lippen gepresst. Fenja stand reglos daneben. Dann brach sie zusammen – nicht körperlich, aber innerlich.

Sie schrie nicht. Sie heulte. Laut. Hemmungslos. Aus dem Bauch.

„Tante Britta!", keuchte sie. Ihre Finger zitterten, als sie nach dem Handy griff. Sie traf fast die Nummer nicht.

„Tante Britta? Wir haben sie! Aber... aber sie war auf dem Steg, und sie hat sich eingepullert, und sie hat so gestunken, und sie hat gar nichts gesagt, ihre Lippen sind ganz blau, und wir bekommen sie nicht wach… und... und...“

Die Worte versickerten in Tränen. Britta hörte nur Fetzen.
„Fenni..., ich bin gleich da. Bleib dran. Du bist nicht allein, hörst du?“

Der Hubschrauber kam schnell.
Rotorblätter rissen die Morgenluft auf, das Wasser kräuselte sich unter dem Druck.
Sanitäter sprangen heraus, liefen über den Steg, schoben Jaro und Fenja sanft zur Seite.

„Wie lange liegt sie hier?“
Björn sah nicht auf. „Keine Ahnung... die ganze Nacht? Ich weiß es nicht.“

Ein Sanitäter tastete nach Puls, legte eine Infusion, sprach mit ruhiger Dringlichkeit mit seinem Kollegen.
Pippa winselte, kratzte am Tragegestell.
Jaro kniete noch immer neben Lukje – das Handy fest am Ohr.

Fenja kauerte sich ins Gras. Zitternd.
Britta sprach weiter mit ihr. Durchs Display. Durch Tränen.
„Ich bin bei dir, Maus. Ich bin unterwegs.“

Ein Sanitäter trat an Björn heran.
„Sie muss sofort ins Krankenhaus. Wir fliegen sie jetzt.“

Björn sah zu den Kindern.
Jaro wirkte gefasst. Aber sein Gesicht war grau.
Fenja weinte noch immer.

„Ich fahr mit ihnen hinterher", sagte Björn.

Der Sanitäter nickte.

Eine Minute später hob der Heli ab.
Und mit ihm: Hoffnung. Angst. Entsetzen.

Kapitel 66

„Ein Tag wie in einer Nebelwand."

Kaum jemand von ihnen erinnerte sich später noch an die genauen Abläufe.
Björn wusste nur noch, dass jemand sagte, Pippa müsse im Auto bleiben.
Keine Tiere auf Intensiv.

Keine Besucher – Björn maximal für zwei Minuten, aber erst, wenn seine Tochter stabilisiert war.

Er nickte nur. Sagte nichts. Funktionierte.
Lukje war längst in den Händen der Ärzte.
Er sah sie noch auf der Trage – schmal unter der Decke, das Gesicht weiß, die Lippen leicht geöffnet.

Ein Pfleger schob ihn zur Seite.
„Sie lebt", sagte jemand. „Der Puls ist da."

Am Abend kam Sabrina in die Klinik. Nachdem sie Björn am Morgen sofort informiert hatte, war sie direkt zurückgefahren. Sie trug keine Dienstkleidung, kein Namensschild.

Leise sprach sie mit der diensthabenden Ärztin – nicht als Kollegin. Nicht heute.
„Ich bin hier als Mutter", sagte sie. Niemand widersprach ihr.

***

Im Hintergrund lief alles, was laufen musste:
Bluttests, Infusionen, Temperaturregulierung.
Zahlen wurden kontrolliert, der Kreislauf stabilisiert, und
Lukje wurde langsam, vorsichtig ins Bewusstsein
zurückgeholt.
Die Gefahr eines Krampfanfalls blieb ihr zum Glück
erspart.

Lukje wurde von Maschinen überwacht – und von
Menschen betreut, die vorgaben, keine Angst zu haben.
Ihre dünnen Arme waren mit Mullbändern an den
Bettgittern fixiert, damit sie sich bei unbewussten
Bewegungen keine Schläuche oder die Beatmung
herausreißen konnte.

Als sie das erste Mal die Augen öffnete, war ein junger
Arzt und eine Schwester bei ihr. Zum Glück, wie die
Intensivschwester später erklärte.
Das Aufwachen mit Beatmungsschlauch im Hals wird
von fast allen Patienten als traumatisch empfunden.
Bei Lukje konnte der Schlauch aber sofort entfernt
werden. Nur noch Sauerstoff durch die Nase.

So schlimm es am ersten Tag aussah – so schnell war
sie stabil genug für die Jugendstation.
Ein Einzelzimmer. Fenster mit Blick auf einen Baum im
Innenhof.

Allein war sie nicht. Das Pflegepersonal sah oft nach
ihr und kümmerte sich rührend.
Eine ältere Schwester klopfte, brachte ihr eine
Wärmflasche ins Bett.

Björn kam zweimal täglich.
Ein anderes Mal stand Sabrina an der Tür. Lukje drehte sich weg. Kein Wort. Kein Blick.

Später kamen die Gespräche.
Psychologische Einschätzung.
Die Dame vom Sozialdienst sprach mit ihr darüber, wie es weitergehen könne.
Ein junger Mann mit Klemmbrett und freundlicher Stimme stellte Fragen, deren Antworten Lukje nicht geben konnte – oder nicht wollte.
Sie hätte gern Herrn Großmann gesehen. Aber der war hier nicht zuständig.
Stattdessen schrieb sie ihm E-Mails. Kurz, sachlich, professionell antwortete er. Keine Vorwürfe, keine Fragen. Und doch: Es tröstete sie, ihm schreiben zu können.

Also sprach der junge Mann mit dem Klemmbrett stattdessen mit ihren Eltern.
Sabrina antwortete. Björn hörte zu – ab und zu ein Einwand.
Beide wirkten blass.

„Sie ist bereits in Behandlung?"
„Ja. Bei Dr. Großmann."
„Stabiler Familienbezug?"
„Wir … bemühen uns."
Der Sozialarbeiter machte sich eine Notiz und nickte.

„Gut. Dann ist die Einschaltung des Jugendamts vorerst nicht notwendig.
Was wir aber dringend empfehlen, ist eine stationäre Psychotherapie – und zwar möglichst bald.

Meine Kollegin vom Sozialdienst hat bereits mit Ihrer Tochter über verschiedene Therapieangebote gesprochen. Sie war ruhig, zugewandt – und sie hat deutlich gemacht, dass sie grundsätzlich bereit ist, sich darauf einzulassen.

Bitte besprechen Sie gemeinsam mit ihr, welche Kliniken in Frage kommen. Es ist wichtig, dass sie das Gefühl hat, mitentscheiden zu dürfen.
Sobald Sie ein bis zwei geeignete Einrichtungen gefunden haben, wird der Sozialdienst alles Weitere in die Wege leiten. Am besten direkt im Anschluss an den Aufenthalt hier – damit sie nicht wieder allein vor dem nächsten Schritt steht."

Es wurde nicht diskutiert. Niemand schrie. Niemand weinte.
Nur Unterschriften wurden gesetzt.

Am dritten Tag fiel die Entscheidung – gemeinsam mit Lukje, ihren Eltern und den Fachkräften:

Keine Schule mehr vor den Ferien.
Eine Auszeit.
Eine stationäre Therapie, die bald beginnt.

Man hatte ihr erklärt, wohin sie kommen würde.
Was sie dort erwartet.
Sie hatte genickt.
Auch sie – wie in Trance.

Kapitel 67

„Man muss gehen, um zurückkommen zu können.“

Die drei Wochen bis zur stationären Therapie
vergingen wie im Flug.
Da sie nicht zur Schule musste, konnte Lukje sich von
allem erholen.

Vor ihr lagen jetzt zwölf Wochen Therapie. Vielleicht
sogar mehr.
Nicht als Strafe – als eine Chance.
Zum Sammeln.
Zum Heilen.

Lukje hatte genickt.
Nicht trotzig. Nicht ängstlich. Nur bereit.

Der Tag war warm.
Nicht heiß – gerade so, dass man fast vergessen konnte,
wie schwer die Wochen davor gewesen waren.

Die anderen waren im Garten
und ließen sich nach dem Abschiedsfrühstück die Sonne
auf die Haut scheinen.

Lukje stand in ihrem Zimmer und schaute sich noch
einmal um.
Ihr Rucksack war gepackt. Bald würde das Taxi kommen.

Zwölf Wochen Therapie.
Nicht *Wegsein*. Nicht *geschickt werden*.
Sondern: *Zeit für sich* – so hatte man es ihr gesagt.

Und sie hatte genickt – trotzdem fühlte es sich ein
wenig an wie ein Abschied.
Wenn auch nur auf Zeit.

Sie drehte sich langsam um – und da war er.

Jaro.
Ein bisschen verlegen.
Die Hände tief in den Taschen.
Ein kleiner Sonnenbrand auf der Nase.
Ein flüchtiger Blick zur Tür, als hätte er nicht gewusst,
ob er wirklich bleiben sollte – oder ob Lukje gerade lieber
allein sein wollte.

„Hey", sagte er.
Nicht mehr. Aber es reichte.

Sie ging auf ihn zu.
„Du hast mich nicht im Krankenhaus besucht."

Er zuckte zusammen, als hätte er das erwartet.
„Ich dachte… du willst das nicht."

„Ich hab's aber gehofft."

Er atmete aus, sah zu Boden.
„Ich bin ein Idiot."

Sie zuckte mit den Schultern.
„Vielleicht."

Ein Lächeln.
Seins. Dann ihres.
So vorsichtig, als wären sie aus Papier.

„Du bleibst hier?", fragte er.

Sie nickte.
„Ich will. Und Papa auch."
Dann, leise:
„Ich glaube, ich brauch ihn gerade mehr, als ich dachte."

„Auch … ein bisschen wegen mir?", fragte er kaum
noch hörbar.

Sie sah ihn an.
„Auch. Aber das sage ich dir nicht. Sonst wirst du
übermütig."
Ein Grinsen stahl sich in ihre Stimme.

Er trat einen halben Schritt näher und legte seine Arme
um ihre Taille.
„Ich habe gehört, du wechselst die Klasse?"

„Ja, damit mich Fenja besser bemuttern kann."

Lukje rollte gekonnt mit den Augen.
Gut. Ich bezahle sie schließlich dafür

„Mit was denn?"

„Fotos von dir, wie du diese süße Schnute ziehst, wenn
du deinen Milchshake umrührst."

Sie lachte.
Echt. Laut.

Die Art Lachen, die sich zwischen die Rippen legt und da bleibt.

Dann kam das Taxi.

„Wir texten?", fragte sie. Beinahe ängstlich.

„Ich schick dir ein Foto. Jeden Tag. Einen #LostPlace – und wie Pippa ihn erobert hat."

„Okay", sagte Lukje. Dann, ein wenig schüchtern: „Lieber wäre mir täglich ein Foto von dir. Oder von dir, Fenja und Pippa.
Dann habe ich was, worauf ich mich freuen kann. Ich werde euch furchtbar vermissen."

Er sah sie an.
Und in diesem Blick lag nicht:
Ich liebe dich.

Noch nicht.

Aber:
Wenn du wiederkommst, bin ich da.

Und das war für heute mehr als genug.

Nachwort

Dieses Buch ist auch ein leiser Brief an alle Eltern und Großeltern.

An die, die nachts am Bett sitzen und hoffen, dass die Welt ihrer Kinder heil bleibt. An die, die alles richtig machen wollen – und gerade deshalb manchmal Angst haben, Fehler zu sehen.

Wenn ein Kind leidet, still wird oder zu laut, wenn es sich verliert, ist das kein Zeichen eures Versagens. Es ist ein Zeichen, dass es Hilfe braucht.

Therapie bedeutet nicht, dass jemand euch bewertet. Therapie bedeutet nicht, dass jemand Schuld verteilt. Und schon gar nicht, dass euer Kind von euch abrückt. Therapie ist ein Raum. Ein sicherer Raum – ohne Urteile, ohne Scham. Ein Ort, an dem nicht gefragt wird: Wer hat Schuld? Sondern: Was brauchst du, um wieder atmen zu können?

Habt keine Angst vor diesem Raum. Seid mutig, ihn mit euren Kindern zu betreten oder ihnen zu erlauben, ihn alleine zu finden. Ein Kind, das lernt, seine Narben anzusehen, ohne sich zu verstecken, wird ein Erwachsener, der mit beiden Beinen im Leben steht.

Therapie ist kein Makel. Sie ist eine Brücke. Und manchmal – ein neuer Anfang.

Für all jene, die glauben, sie müssten alleine stark sein: Es ist auch Stärke, um Hilfe zu bitten.

Wenn Sie Rat oder Unterstützung suchen:
Nummer gegen Kummer – anonym, kostenlos und vertraulich.

Für Eltern: 0800 111 0 550
Für Kinder und Jugendliche: 116 111
www.nummergegenkummer.de

Hat dir das Buch gefallen?

Möchtest du wissen, wie es in Grevensand weitergeht?

- Wird man Simon endlich eine Grenze setzen können?
- Findet auch Fenja ihre erste große Liebe?
- Sind Björn und Britta wirklich nur Freunde – oder kann sich daraus mehr entwickeln?
- Werden sich Lukje und Sabrina wieder annähern können?
- Und Pippa?
  Bleibt unsere süße kleine Pippa in ihrer vertrauten Umgebung – oder muss sie Lukje nach Berlin begleiten?

Begleite Lukje und ihre Freunde auch in Band 2 auf ihrem Weg – voller Entscheidungen, Veränderungen und neuer Hoffnung.

Hinweis:
Jeder Band erzählt die Geschichten neuer Hauptfiguren –
begleitet von vertrauten Gesichtern.
Auf neuen Wegen und der Frage, was es bedeutet, erwachsen zu werden.

Leseprobe aus
Lost Place – *Und trotzdem wir*

⁎

Kapitel 1

„Es gibt Tage, an denen geht es kaum schlimmer – dann geht die Tür auf ..."

Die Stühle quietschten leise, als Fenja ihre Mappe auf dem Tisch ordnete. Ihr Blick kreiste über die neue Gruppe. Bis auf Paul kannte sie noch keinen von ihnen, höchstens vom Sehen. Luca stocherte mit dem Fuß an einem abgebrochenen Stuhlbein. Hannah scrollte auf ihrem Handy, der Bildschirm in der grauen Novemberluft grell wie ein Leuchtsignal. Paul kaute auf einem Kugelschreiber herum, als hätte er Hunger auf Ärger.

Fenja hakte innerlich die Namen auf der Liste ab. Vier. Fünf mit ihr.

Also fehlte noch jemand.

In der Mail, die sie in den Herbstferien bekommen hatte, war von vermutlich fünf Schülern in der Sozialdienst-AG die Rede.

Oder wie ihre Freundin Lukje es nannte: die Sklavengruppe.

Aber niemand war hier, weil er es nicht verdient hätte.

Okay – bis auf Fenja.

Sie machte das schon länger freiwillig.

Friedensstifterin fürs Karma, antwortete sie immer, wenn man sie fragte.

Die Tür klemmte, wie immer. Als sie aufging, gab sie ein müdes Quietschen von sich.

Fenja hob den Kopf — und erstarrte.

Simon stand im Türrahmen.

Locker, schief, mit diesem Gesicht, als wäre ihm die Welt schon wieder zu billig verkauft worden.

Keine Begrüßung, kein Lächeln. Nur dieser Blick.

Einen Moment lang passierte nichts.

Dann Paul, trocken, als würde er einen schlechten Witz vorlesen:

„Na super. Da denkst du, es ist November, kalt, grau, Montag und Sklavendienst für die Schule. Geht es schlimmer? Eigentlich nicht. Dann geht die Tür auf und … es wurde schlimmer."

Ein paar Lacher, zu scharf, zu laut.

Hannah schnaubte und steckte ihr Handy weg.

Luca starrte auf seine Schuhe.

Fenja klappte die Mappe zu.

Die Luft schmeckte nach abgestandenem Schulmief und schlagartig keinem Bock mehr.

War es vor ein paar Minuten noch eine halbwegs entspannte Vorstellungsrunde gewesen — Vorname, Alter, Klasse und der obligatorische Witz, warum man freiwillig hier sei — war jetzt die Luft raus.

Richtig raus.

Niemand sprach.

Nicht, weil es nichts zu sagen gab.

Sondern, weil mit Simon etwas hereingekommen war, das keiner aussprechen wollte.

Paul stocherte mit seinem Kugelschreiber in der Luft, als würde er nach einer Pointe suchen.

Hannah schob die Kapuze ihres Hoodies hoch, als könnte

sie sich darunter unsichtbar machen.

Luca starrte auf den Boden, regungslos.

Fenja wusste: Irgendwer musste die Kurve kriegen.

„Okay", sagte sie.

„Dann fangen wir nochmal von vorne an. Ich bin Fenja. 16, gehe in die 11. Klasse. Und ja — ich bin freiwillig hier. Mehr oder weniger."

Paul zuckte mit den Schultern.

„Paul. 16, noch 10. Klasse. Sozialstunden wegen ... sagen wir: kreativer Pausengestaltung."

Hannahs Stimme klang dumpf.

„Hannah. 16, auch 10. Klasse. Sozialstunden, weil ich angeblich Respekt lernen muss."

„Viel Glück dabei."

Ein kurzer Lacher, rau und echt.

Luca hob den Kopf, kaum merklich.

„Luca. 15, Neunte. Schwänzen."

Fenja nickte.

Vier von fünf.

Simon ließ sich Zeit. Grinste träge.

„Simon. Hier, weil ich zu viele Herzen gebrochen hab."

Paul schnaubte leise, Hannah verdrehte die Augen. Fenja schrieb Simons Namen auf die Liste, ruhig, als würde sie einen Brandherd dokumentieren.

Nach der AG brachte Fenja den Schlüssel für den Gruppenraum zurück ins Sekretariat.

Der Raum war für heute freigegeben worden — Einführung und so.

Auf dem Flur vor dem Kopierer stand Britta Hansen, Fenjas Tante und Vertrauenslehrerin, und wühlte sich durch einen Stapel Unterlagen.

Fenja trat neben sie, halb gespielt, halb todernst.

„Ach deshalb stand kein Name in der Mail, die ich in den Herbstferien bekommen habe", sagte sie und verschränkte die Arme.

„Ihr wolltet es mir nicht vorher verraten, hattet wohl Angst, ich schmeiße den Job hin und wandere aus."

Britta hob den Kopf, grinste — halb verlegen, halb amüsiert.

„Ach, Mäuschen", sagte sie, „am Ende ist das auch nur ein Kandidat für deine Gruppe. Nicht mehr und nicht weniger."

Fenja schnaubte.

„Ja, Simon ist …" Britta räusperte sich leicht, „… besonders."

„Ja", sagte Fenja trocken, „besonders furchtbar, besonders unausstehlich, besonders zum Abgewöhnen."

Britta lachte leise, doch ihr Blick wurde ernst.

„Ich bin froh, dass er jetzt endlich bei dir gelandet ist", sagte sie.

„Weißt du — von nichts kommt nichts. Ich weiß, wie viele hier unter ihm leiden. Vielleicht bekommen wir heraus, warum. Und vielleicht, wenn er deine Gruppe lange genug besucht — mit meiner Unterstützung — wird es für alle leichter."

Fenja nickte langsam, sagte aber nichts.

Sie dachte nur:

Für alle — aber sicher nicht für mich.

Lost Place – *Und trotzdem wir* erscheint voraussichtlich Ende 2025.